KB070272

Standing By
Be Happy

VOICE

스탠딩에그
포토 에세이

VOICE
보이스

글·사진 에그 2호

한겨레출판

어둠 속에 너만 혼자 남겨두지는 않을게
기도할게 모두 다 사라질 때 너도 내 곁에 있기를
언제나 네 곁에 있을게
언제나 내 곁에 있어줘

<VOICE>

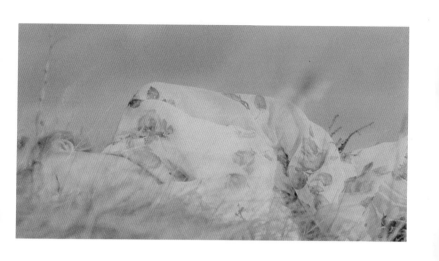

첫 번째

하루의
목소리

두 번째로
좋아해

초등학교 6학년 때의 일이다. 우리 반은 가장 높은 층 맨 끝 교실이어서 교실 옆으로는 옥상으로 올라가는 층계가 있었다. 그곳에는 언제나 부서진 책상과 걸상, 폐품이 쌓여 있어 왠지 비밀스러운 느낌이 들었다. 당시 나는 반에서 가장 조숙하고 어른스러운 척을 하는 아이였고, 아이들은 그런 나에게 완전히 속고 있는 듯했다. 매일 수업이 끝나고 청소시간이 되면 같은 반 친구들이 하나둘씩 고민 상담을 신청했다. 나는 청소시간 30분 동안 그 비밀 장소에서 그들의 이야기를 들어주고 나름의 묘안을 제시해주곤 했다(분명히 아주 형편없는 상담사였겠지만 아이들은 고민을 털어놓을 사람이 있다는 것만으로 꽤 만족해했던 것 같다).

사실 고민이라고 해봐야 대부분은 "내가 누구를 좋아하는데 어떻게 해야 하느냐" 정도의 초등학생 연애 상담이었다. 2학기가 시작될 무렵 난 누가 누구를 좋아하는지 〈6학년 7반 연애관계도〉를 그릴 수 있을 만큼 많은 정보를 갖게 되었다. 그래서 그 덕분에 점점 더 실효성 있는 연애 상담을 할 수 있었다.

그러던 어느 날, 당황스러운 일이 하나 생겼다. 내가 몰래 좋아하던 여자아이가 고민 상담을 청해온 것이다. 그녀는 6학년 1학기 반장선거 때 나에게 참패를 안겨준 장본인이었는데, 선거 날 이후 나는 이상하게도 분한 기분이 드는 대신 자꾸 그녀에게 관심이 갔다. 또래보다 키가 훌쩍 큰 데다 안경도 쓰고 있어서 특별히 좋아하는 스타일이 아니었는데 말이다. 어쨌든 나는 그 마음을 어디에도 털어놓지 못한 채 여름방학이 지나 2학기가 시작될 때까지도 여전히 혼자서만 끙끙 앓고 있던 터였다.

그녀는 한동안 망설이다가 말을 꺼냈다.

"내가 좋아하는 애가 있는데……"

그럼 그렇지. 그 말을 듣는 순간 나의 얼굴은 빨개질 대로 빨개졌다. 심장이 뛰는 소리가 귀에 들리는 듯했다. 아무리 조숙한 편이었다 해도, 그리고 아무리 예상했던 전개라 해도 초등학교 6학년의 평정심이란 보잘것없는 것이었다. 멀미가 날 것 같았다. 손끝은 차가워지고 주먹을 너무 꼭 쥐어서 그 안에 식은땀이 고였다.

"그래? 누군데? 빨리 말해봐……"

나는 급한 마음에 평소 다른 아이들의 이야기를 들을 때보다 성급하게 그녀의 마음을 물었다. 그러면서 속으로는 '제발 나라고 대답해. 제발…… 제발……'을 외쳤다.

"그게, 사실은 내가 승준이를 좋아하는데……"

젠장, 더 들을 필요도 없었다. 그건 내 이름이 아니었다. 나는 곧바로 다음 일을 생각했다. 이후에 그녀가 한 이야기는 전혀 귀에 들어오지 않았다.

'승준이가 누구를 좋아한다고 했더라……'

〈6학년 7반 연애관계도〉를 머릿속에서 최대한 빨리 펼쳤다. 그러자 곧 희망이 보였다. 승준이는 그녀가 아닌 다른 아이를 좋아한다는 사실이 떠올랐기 때문이다. 하지만 거기서 생각을 멈췄다. 이 순간에 내 진심 대신 다른 이야기를 꺼내는 건 왠지 비겁하게 느껴졌다. 그래서 나는 그녀에게 내 마음을 말하기로 했다. 어차피 엎질러진 물.

"근데 있잖아. 어쩌지? 나는 너를 좋아하는데……"

갑작스러운 고백에 그녀는 꽤 놀란 듯했다. 한동안 정적이 흘렀다. 그녀가 그 잠깐 사이에 갑자기 나를 좋아하기로 마음을 고쳐먹을 리야 없겠지만 그래도 대답이 몹시 궁금했기에 그녀의 표정을 면밀히 살폈다. 고개를 숙인 채 잠시 고민하던 그녀는 얼마 지나지 않아 대답할 말을 찾았다는 듯 묘한 웃음을 지으며 입을 열었다.

"그랬구나. 고마워, 나도 널 좋아해. 그런데 두 번째로 좋아해."

이 말은 지금 생각해봐도 굉장히 참신한 스타일의 거절이었다. 심지어 당시 나는 이 말을 듣고 기분이 좋기까지 했다. 집에 와서야 그녀가 하고 싶었던 말이 미안하지만 결국 거절하겠다는 얘기였음을 깨달았다.

나는 이때부터 '두 번째로 좋아해'라는 건 들리기에는 그럴듯

하지만 실제로는 아무런 의미가 없는 말이란 사실을 알았다. 예를 들면 영화 티켓이 두 장 생겼을 때 머릿속에 첫 번째로 함께 가고 싶다고 떠오른 사람이 있음에도 불구하고 두 번째로 떠오른 사람에게 먼저 전화를 거는 바보는 없다. 무려 두 번째로 생각난 사람임에도 불구하고 말이다. 아, 심지어 그 두 번째 사람은 첫 번째 사람이 데이트를 거절하기 전까지는 아직 머릿속에 존재하지도 않는다. 여름휴가도 마찬가지다. 똑같은 비용으로 가장 가고 싶은 곳에 갈 수 있음에도 불구하고 굳이 두 번째로 가고 싶은 곳으로 휴가를 떠나는 사람이 있을 리 없다. 중국집에서 짜장면과 짬뽕 중에 짬뽕을 시킨다는 것은 결국 짜장면이 먹고 싶지 않다는 뜻이다. 초등학교 6학년 때 반장선거에서 내가 졌던 이유도 이와 다르지 않다. 단지 아이들이 나를 두 명의 후보 중에 두 번째로 좋아했기 때문이다.

하지만 '두 번째로 좋아해'라는 말을 꼭 부정적으로 받아들일 필요는 없다. 긍정적인 방향으로 응용해서 사용하면 같은 상황에서도 스트레스를 훨씬 덜 받을 수 있다. 예를 들면 이런 때이다.

만나기로 했던 친구가 약속 당일 갑자기 약속을 취소하고 다른 사람을 만나러 갈 때:

'그래, 친구는 나와의 약속을 하찮게 여긴 게 아니야. 단지 두

번째로 중요하게 생각한 거야. 첫 번째로 좋아하는 친구와의 약속이 더 중요하니까.'

아르바이트 면접을 보고 온 후 연락이 오지 않을 때:

'그래, 그 사장님, 내가 마음에 안 들어서 연락을 안 주신 게 아닐 거야. 다만 두 번째로 맘에 든 거겠지.'

물론 두 경우 모두 아무리 긍정적으로 생각한다 해도 친구가 약속을 갑자기 취소했다는 사실과 아르바이트를 구하지 못했다는 사실은 달라지지 않지만 그래도 세상의 많은 사람들 중에서 내가 2등이라고 생각하면 스스로 조금은 위로가 된다.

저 지금 괜찮죠?

11월, 찬바람이 불면 어디선가 기름에 호떡을 굽는 달고 고
소한 냄새가 나기 시작한다. 평소에는 군것질을 거의 하지 않
지만 이 시기에는 누구나 그렇듯 가벼운 추위와 가슴속의 허전
함, 뱃속의 허기를 분간하기 어려워 따뜻한 호떡 하나 정도는
사 먹고 만다. 호떡을 먹는다고 그 기분이 가시지 않을 것을 알
면서도 말이다.

사람들로 가득한 어느 주말 밤, 나는 홍대 앞을 걷다가 덜컥
이런 기분과 맞닥뜨렸다. 매년 마주하는데도 이 기분은 언제나
갑작스럽고, 그래서 당황스러웠다. 수천 명의 사람들이 서로

나누는 이야기들—각자의 연애담, 지난밤의 드라마 이야기, 웃음이 섞인 상스런 욕지거리들—은 하나의 거대한 소음이 되어 묵묵히 혼자 걷는 나를 사방에서 조여왔다. 말소리야말로 다른 누군가와 함께 있다는 가장 명백한 증거라는 생각에, 아무런 소리를 내지 못하고 혼자 걷는 나는 춥고, 배고파졌다. 외로워진 것이었다.

그때 마침 인파의 강 너머에서 엉성하게 쓰인 '호떡'이라는 빨간 글씨를 발견했다. 건물의 빈 벽에 바짝 붙은 리어카에는 눈부신 할로겐 등이 두 개 달려 있었고, 호떡을 굽는 아주머니는 앞치마 주머니에 양 손을 넣은 채로 기름 위에서 지글거리는 호떡을 멍하니 바라보고 있었다. 나는 인파의 강을 헤엄치듯 건너 아주머니 앞에 닿았다.

아주머니는 한동안 앞에 손님이 섰다는 사실을 눈치채지 못했다. 호떡들을 바라보고 있었을 뿐이다. 수많은 인파 속에서 아무 소리를 내지 않고 선 아주머니도 나만큼이나 외로워 보였다.

"저, 아주머니⋯⋯"

아주머니가 앞에 선 나의 존재를 눈치채줄 때까지 조금 기다리다가 조심스레 소리 내어 불렀다. 스스로를 추위와 배고픔, 외로움으로부터 꺼내줄 '말 한마디'를 꺼냈다는 것에 나는 이미 작은 안도감을 느끼고 있었다.

아주머니는 깜짝 놀라서 당황한 기색을 감추려 어색하게 웃었다. 그러고는 내가 웃음으로 화답하기도 전에 불현듯 뭔가 떠올랐다는 듯 "엄마야" 하며 기름 위에서 말없이 지져지고 있던 호떡을 황급히 뒤집기 시작했다. 하지만 뒤집힌 호떡의 뒷면은 하나같이 엉망이었다.

"아이코, 다 탔네. 내 정신 좀 봐."

나는 슬펐다. 당장 뜨거운 호떡을 내 속으로 쑤셔 넣을 수 없음이 슬펐고, 새카맣게 탄 호떡이 슬펐고, 그 호떡을 팔지 못하는 아주머니의 마음이 슬펐다.

"잠깐만 있어봐요, 얼른 새로 만들어줄게. 몇 개? 한 개만 있으면 되나? 바로 먹으려고?"

아주머니는 내가 대답도 하기 전에 자꾸 다음 질문을 던지며 손을 바쁘게 움직였다. 호떡 반죽은 그녀의 손에서 동그랗게 뭉쳐졌다가 납작하게 펴지고, 그 안에 설탕과 땅콩으로 된 소가 한 숟가락 크게 들어가고, 다시 뭉쳐졌다가 기름 위에서 또다시 납작해졌다. 나는 가만히 서서 말없이 그 모습을 보고 있었다. 그때 아주머니의 목소리가 들려왔다.

"저 지금 괜찮죠? 뭐 불쌍해 보이거나 그러진 않죠?"

서글픈 웃음기가 섞인 말투였다. 영문을 모르는 채로 아주머니의 얼굴을 바라보자 아주머니는 나를 향해 미소를 만들어 보

였다. 마치 거울을 보면서 예쁜 미소를 짓고 있는 것 같았다.

그 미소에 나는 아무것도 묻지 못했다. 그저 듣기 좋게 '예쁘신데요?'라는 말로 둥글게 대하지도 못했다. 나는 아주머니의 앞치마에 묻은 밀가루 반죽과 기름때가 낀 리어카 위의 종이컵, 기둥에 매달린 두루마리 휴지 같은 것들로 시선을 돌렸다. 아주머니는 웃고 있었지만 왠지 슬퍼 보여서 도무지 오래 쳐다볼 수가 없었다. 아주머니는 호떡을 뒤집으며 처음 보는 손님에게 자기 이야기를 털어놓았다.

"아니, 방금 앞에 손님 한 분이 오셔서 호떡을 이 만원어치나 달라기에 얼굴을 봤더니 글쎄, 처녀 시절에 나 좋다고 그렇게 따라다니던 남자더라고. 아무리 매몰차게 거절해도 몇 년을 따라다녔었는데. 그때는 내가 예뻤거든."

그녀의 시선과 목소리는 이미 내가 아닌 20여 년 전의 자신을 향하고 있었다. 나는 다시 얼굴을 들어 아주머니를 봤다. 나에게도 아주머니의 어린 시절 예쁜 얼굴이 보였다.

"아뇨, 지금도 괜찮아 보이세요. 예쁘세요."

이 말은 솔직한 이야기이기도, 마음에 없는 소리이기도 했다. 아주머니가 궁금했던 것은 내 시선이 아니라 내 전 손님의 시선이었을 테니까. 아주머니는 호떡을 팔아 집도 사고 아이들 대학도 보내고 행복하게 잘 살고 있다고 했다. 그런데 혹시나 그 사람이 자신을 불쌍하게 봤을까봐, 그래서 이 만원어치나 샀을까봐 속이 상한다고 했다. 아주머니는 얘기를 하던 도중에 딱 한 번 복받치는 울음을 참아내는 듯했다. 그러고는 한숨을 길게 내쉬고 이내 다시 웃었다. 이보다 서글프고 힘든 일들을 이미 몇 번이고 겪었기 때문일 것이다.

"뜨거우니까 조심해요."

아주머니는 새로 구운 호떡 하나를 반으로 접어 종이컵에 담아 나에게 건넸다. 그녀의 뜨거운 마음을 건네받은 기분이었다. 나는 호떡을 받아 들자마자 감사하다는 인사와 함께 한 입 베어 물었다. 그리고 어김없이 입 안을 완전히 데이고 말았다. 화들짝 놀라 "엄마야" 하고 보니 호떡 안에 뜨겁게 녹아 있던 설탕물이 외투에도 주르륵 흘러 있었다.

서른다섯의 나는 여전히 뜨거운 호떡 앞에서, 뜨거운 사람의 마음 앞에서 어설프기만 했다.

스물다섯의
난독증

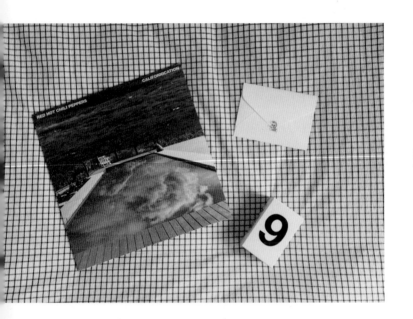

'이상하다…… 9가 어디 있지……?'

집에 도착해 현관문 앞에 서서 도어록 비밀번호를 누르려는데 아무리 찾아봐도 숫자 패드에서 '9'가 보이질 않았다. '9'가 스스로 자리를 옮긴 게 아니라면 틀림없이 아래로 세 번째 줄, '8'의 옆자리에 있어야 하는데 몇 번씩이나 '1'부터 차례차례 손가락으로 짚어가며 읽어봐도 '8' 옆엔 '9'가 없었다. 아예 도어록 자체가 통째로 사라졌어도 당황스러운 건 마찬가지였겠지만 나머지는 모두 그대로이고 숫자 '9'만 처음 보는—고대 상형문자 같아 보이는—기호로 바뀌어 있는 것도 믿기 힘든 일이었다. 아무튼 나로서는 아무리 미간을 찡그리며 머릿속 데이터를 총동원해도 전혀 읽을 수도, 해석할 수도 없는 꾸불꾸불한 무언가가 쓰여 있었다.

처음에는 매일 만나는 사람의 얼굴에서도 가끔씩 '아, 이 사람에게 이런 얼굴도 있었나?' 하며 새로운 모습을 발견하게 되는 날이 있듯이, 단순히 오늘따라 '9'가 조금 다르게 보이는 건 아닐까 싶어 잠깐 눈을 감았다 떠보았다. 그게 아니면 혹시 평소에는 절대로 눈치채지 못할 정도로 교묘하게 이 세상을 덮어둔 '비밀의 장막'이 살짝 벗겨지는 사고가 생겨 잠깐 동안 오로지 나에게만 '9'의 진짜 모습이 보였는지도 모른다는 상상도 해봤다. 하지만 그래도 여전히 '9'는 더 이상 '9'가 아니었다.

평소 현관문 비밀번호를 누르면서 숫자 패드를 그다지 유심히 관찰한 적도 없었고(그런 걸 관찰하는 사람이 과연 있을까), 현관문의 비밀번호를 누르는 것은 말 그대로 내가 눈감고도 할 수 있는 몇 안 되는 일 중 하나인데 도대체 그날은 어쩌다가 도어록의 숫자 패드를 그다지도 자세히 보게 된 걸까.

그날 이후로 한동안 이런 황당한 일들이 종종 일어났다. 어느 날은 전화를 하려고 휴대폰을 꺼냈다가 키패드 숫자가 뒤죽박죽으로 섞여 있는 것처럼 보여서 도무지 전화를 걸 수 없었고, 또 어느 날은 책 속의 글자들이 익숙하면서도 또 완전히 낯설게 보여 아무리 오래 쳐다보고 있어도 읽을 수가 없었다. '음, 이 사람 틀림없이 어디선가 만난 적이 있는데…… 누구더라……' 하는 기분을 '활자'에서 느끼다니. 내가 속해 있던 세상의 글자들이 점점 낯설어지는 경험은 나를 둘러싼 세계의 모든 것들이 바짝 말라서 금이 가고 풍화작용으로 바스러져 조금씩 사라져가는 기분, 말이나 글로 설명할 수 있었던 모든 것들이 하나씩 짐을 싸서 나에게서 멀리 떠나가는 기분이었다. 굳이 표현하자면 두려움보다는 허무함에 가까운 감정이었다.

의사는 어느 날 갑자기 글자가 낯설어 보이고 읽을 수 없게 된 것은 '읽기'에 대한 과도한 집착과 스트레스가 불러일으킨 '일시적인 난독 증세'라고 했다. '이 문제를 최대한 빨리 읽고 시간 내에 꼭 풀어야 해'라는 부담감을 느끼는 수험생들에게서 종종 나타난다고 했다. 그 말을 듣고 보니 당시 스물다섯 살이었던 나도 분명히 항상 무언가에 쫓기는 기분이었음을 알 수 있었다. 잠도 잘 자지 못했고, 눈을 뜨고 있는 동안에도 '더 많이 읽어야 한다', '더 많이 알아야 한다'는 강박 때문에 항상 책을 읽고 있었다. 책이 없을 때는 주변에 보이는 읽을거리—며칠 지난 신문, 과외 전단지, 창 밖에 보이는 간판 등등—라도 찾아야 했다. 오죽하면 현관문 키패드의 숫자까지 읽게 됐을까. 내 뇌가 '글자'에 질릴 법도 했다.

이제 와서 생각해보면 스물다섯이란 나이는 엉성한 배를 탄 채로 어쩌다 태평양 한복판에 이르러버린 듯한 나이다. 가고 싶은 곳도 없이 무작정 열심히 노를 젓다가 고개를 들어보니 사방으로 끝없이 펼쳐진 시커먼 바다 말고는 아무것도 보이지 않을 때, '어라? 여기가 어디지? 이거 조금 곤란해졌는걸?' 하며 가방 속을 봤는데 나침반도, 지도도 애초부터 챙기지 않았다는 사실을 깨닫는다면 그때 떠올릴 수 있는 올바른 행동지침이란 오직 하나, '일단 살아남아야 한다' 말고는 아무것도 없다. 세부지침 같은 건 애초에 나침반, 지도, 낚싯대가 있을 때에나 세울 수 있는 것이다.

어쩌면 지금 세상의 모든 스물다섯들은 '어차피 노를 저어봐야……' 하는 마음일지 모른다. 그래서 내일 눈을 뜨면 어느 항구든 제발 닿아 있기를 바라며 밤새 술을 마시고 노래를 부르거나 아니면 그 당시의 나처럼 '일단 열심히 저어볼게요. 제발 항구가 나오게 해주세요' 하는 생각으로 강박적으로 노를 젓고 있는지도 모른다.

스물다섯의 나에게 찾아왔던 일시적인 난독 증세는 몇 달간 책을 비롯한 모든 읽을거리를 멀리하면서 자연스레 사라졌다. 한동안은 이렇게 가만히 있어도 되나 싶은 기분이었지만, 그렇게 몇 달이 지나고 다시 책을 펼쳤을 때는 읽는 일에 집착할 때 잊고 있었던 '읽는 즐거움'을 다시 느낄 수 있었다. 그제야 두려움과 불안감 때문에 무작정 온 힘을 다해 노를 저었던 시간들이 스쳐 지나갔다.

몹시도 좋아하던 것들이 어느 날 갑자기 무덤덤해지거나 부담스럽게 느껴진다면 그것은 아마도 나 스스로를 위해 '작전 타임'을 부르고 잠시 휴식을 취해야 한다는 신호일 것이다.

나는 어쩌다보니 운 좋게도 꽤 근사한 항구에 닿아서 태평양에서 외롭게 노를 젓던 밤낮들에 대해 웃으며 털어놓을 수 있는 형편이 됐지만(정말 운이 좋았다고밖에 말할 수가 없다) 누군가는 지금 막 처음 태평양의 돛단배 위에서 고개를 들고 '어라, 조금 곤란해졌는걸?' 하는 생각에 멍한 표정을 짓고 있을지도 모른다. 그 사람을 위해 유리병 속에 '희망의 편지'를 넣어 먼 바다로 띄워 보낸다면 이렇게 써야겠다.

달이 예쁜 밤에는 잠시 젓던 노를 내려놓으세요.
갑판에 누워 온몸에 힘을 빼고 가만히 뱃전에 닿는
파도 소리를 들어보세요.
태평양 한복판에서 홀로 보는 달은 정말 아름답습니다.
당신이 어느 날 항구에 도착하게 된다면
분명히 죽을 때까지
그날 밤의 커다란 달이 얼마나 아름다웠는가에 대해
얘기하게 될 거예요.
아, 날이 밝으면 다시 죽을힘을 다해 노를 저으세요.
(더 좋은 방법이 있을 수도 있지만 저는 그렇게 해서 항구에 도착했기 때문에 그 방법밖에는 모릅니다.)
'일단은 살아남아야 합니다.'

스물다섯이란 나이는 엉성한 배를 탄 채로
어쩌다 태평양 한복판에 이르러버린 듯한 나이다.
떠올릴 수 있는 올바른 행동지침이란
오직 하나,
'일단 살아남아야 한다' 말고는 아무것도 없다.

청춘의
소리

'왼발, 오른발, 왼발, 오른발.'

마음속으로 되뇔 때마다

'촤아, 촤아, 촤아, 촤아.'

경쾌하고 푸른 소리가 수영장의 높은 천장에 튕겨 메아리 친다.

나는 이 소리—물이 빛나는 작은 알갱이로 산산이 부서지는 소리—가 좋아서 수영을 도락으로 삼고 있다. 소리가 크고 경쾌해질수록 물속에서 몸은 빠르게 나아가고, 반대로 그 소리가 완전히 잦아들면 몸은 앞으로 나아가길 멈추고 물 위를 부유한다. 나는 수영 말고는 이렇게까지 움직임 하나하나가 푸른 소리를 내는 운동을 알지 못한다. 소리가 가장 커질 때 숨은 최고조로 가빠지고, 바로 그때 내 안의 '청춘'이 전력을 다해 수면 위로 뿜어져 나온다. 무모할 만큼 전력을 다하는 것. 나에게는 그것이 청춘이다.

오전 일곱 시, 그날도 평소처럼 간단히 스트레칭을 한 후 50미터 레인을 한 차례 왕복했다. 그러고는 수경을 이마 위로 올리고 숨을 몰아쉬며 옆 레인에서 훈련 중인 고등학생 선수들의 역동적인 자유형을 지켜보았다. 이 선수들은 하루 종일 1만 미터의 수영을 한다. 오전 일곱 시는 이제 막 하루의 훈련을 시작한 시간이지만 그들은 처음부터 전력을 다해 헤엄치고 있었다. 엄청난 속도로 수면을 차면서 만들어내는 청춘의 파열음이 수영장 가득 울려 퍼졌다. 코치의 욕설 섞인 고함 소리도 쉴 새 없이 들렸다. 코치 역시 물 밖에서 선수들을 따라가며 두 손을 깔때기 모양으로 모아 전력을 다해 외치고 있었다.

"이 새끼야, 요령 피우지 마. 더 빨리, 더 빨리."

선수들의 젊음과 그들에게 쏟아지는 욕설이 둘 다 거침없다는 점에서 묘하게 닮았다는 생각이 들었다.

겨우 100미터를 전력으로 왕복한 후 숨을 고르고 있던 내 안의 청춘은 10대 후반의 선수들이 '겉'으로 내뿜는 청춘에 비하면 한없이 부끄러운 무언가라는 생각에 얼굴이 달아올랐다. 얼른 물속으로 숨고 싶어서 다시 수경을 썼다. 그때 뒤통수에 누군가의 시선이 느껴졌다. 고개를 돌렸더니 건장한 청년 하나가 수경을 눈썹 근방에 어정쩡하게 걸친 나를 쳐다보고 있었다. 어쩌면 그도 옆 레인의 선수들을 바라보다 마침 내가 고개를 돌리는 바람에 눈이 마주쳤는지도 모른다. 아무튼 우리 둘은 서로를 어색하게 쳐다보았다. 물속에 멀뚱히 서서 선수들의 역동적인 수영을 부러운 듯 보다가 눈이 마주친 수영 초보 두 사람은 어색할 수밖에 없었다.

그 청년은 양쪽 눈의 색이 달랐다. 왼쪽 눈은 짙은 갈색이었고 오른쪽 눈은 투명한 하늘색이었다. 영락없는 아쿠아마린 빛깔이었다. 청년은 자신의 눈에서 시선을 떼지 못하는 나에게 머쓱한 표정을 지으며 말을 건넸다.

"수영이…… 처음인데…… 마음 같지가…… 않네요……"

나는 그의 큰 목소리와 어눌한 말투에 깜짝 놀랐다. 내 표정을 읽은 그가 곧바로 말을 이었다.

"저는…… 야구 선수예요…… 고양 원더스 소속인데…… 청각장애가 있어요……"

그를 빤히 본 내 시선에 죄책감이 들었다. 이유는 모르겠다.

그냥 왠지 모르게 미안한 마음이 들었다.

"아, 그렇죠? 저도 수영한 지 6개월 됐는데 좀처럼 늘지가 않네요."

나는 손가락을 여섯 개 펼치며 큰 소리로 대답했다. 그는 내 말을 정확히 알아들은 듯 고개를 끄덕이며 웃었다. 나도 따라 어색하게 웃었다. 그는 내 웃음을 보고 다시 나보다 더 어색하게 웃었다. 더 이상 무슨 이야기를 해야 할지 알지 못했다. 나는 수경을 고쳐 쓰고 그를 남겨둔 채 벽을 박차고 물속으로 쭉 나아갔다. 양발을 번갈아가며 힘껏 물을 찼다. 더 세게, 더 빠르게. 허벅지가 무거워지고, 종아리가 확 조여오는 느낌이 들었다. 나는 있는 힘껏 그렇게 오드아이 청년에게서 멀어졌다.

'왼발, 오른발, 왼발, 오른발.'

전력을 다한 킥이 수면을 알알이 부술 때마다 다시 '촤아, 촤아, 촤아, 촤아' 하는 소리가 들렸다. 그 소리에 집중하려 했다. 하지만 왠지 커다란 파열음에 비해 내 몸은 평소보다 느릿느릿 나아가는 기분이었다. 마치 꿈속에서 누군가에게 쫓길 때처럼 아무리 힘을 줘도 온몸이 물을 제대로 밀어내지 못하는 것 같았다. 겨우 풀장 바닥에 표시된 25미터 지점 마크가 보였을 때, 나는 이미 더 이상 다리를 저을 수 없을 만큼 숨이 가빴다. 긴장한 나머지 몸에 너무 과하게 힘을 준 탓이었다. 눈을 질끈 감

고 있는 힘껏 팔과 다리를 몇 번 더 저었지만 몇 미터 가지 못
하고 결국 "푸하" 소리를 내며 물 위로 올라올 수밖에 없었다.
나는 그 자리에 서서 연거푸 거친 숨을 몰아쉬었다. 왼쪽 종아
리에 여차하면 경련이 일어날 것 같았다.

숨이 조금 잦아들었을 때 나는 본능적으로 출발 지점을 돌아
다보았다. 그가 여전히 같은 자리에서 나를 보고 있을까 하는
생각에서였다. 하지만 청년은 이미 수영장을 떠나고 없었다.
고등학교 수영 선수들이 맹렬히 물을 부수며 앞으로 나아가는
소리와 코치의 욕설 섞인 고함 소리만이 여전히 수영장 안에
크게 울려 퍼지고 있었다. 그가 사라진 것을 제외하면 나머지
는 그가 나타나기 전 그대로였다.

나는 도무지 아무 소리도 들리지 않는 수영을 상상할 수가
없었다.

그날 이후로 매일 그를 기다렸다. 그의 '장애'를 어떻게 대해
야 할지 몰라 우물쭈물했던 나의 행동이 상처가 되지 않았을까
마음에 걸렸다. 그를 다시 만나게 되면 그때는 서로 반갑게 눈
인사를 나누고, 우리 옆에서 훈련을 하는 수영 선수들에 대해
몇 마디 나누는 사이가 될 수 있을 것 같았다.

하지만 청년은 몇 주가 지나도록 수영장에 나타나지 않았다.

얼마 후 그해 고양 원더스가 해체되었다는 이야기를 들었다. 나는 무거운 마음으로 청년의 근황을 확인했다. 인터넷 검색 창에 '고양 원더스'에 이어 '청각 장애'라고 쓰다가 또다시 잠깐 망설였다. 그날 이후로 몇 주가 지났는데도 여전히 '청각 장애'라는 말에 움츠러들었다.

엔터키를 누르자마자 곧바로 그의 이름과 인터뷰 기사가 모니터에 떴다. 청각 장애를 가진 열아홉 살 투수는 기자에게 이런 말을 했다.

"장애는 초구 볼과 같은 겁니다. 타자와의 승부를 '원 볼, 노 스트라이크' 상태에서 시작하는 것뿐이에요. 아직 제겐 던질 수 있는 공이 다섯 개나 남아 있습니다. 경기를 포기해야 할 이유가 전혀 없어요. 포수 미트에 집중하고, 거기다 공을 집어넣으면 그만입니다. 초구 볼을 원망하는 대신 나머지 다섯 개의 공을 더 잘 던질 수 있도록 집중하는 것. 그것이 바로 야구이자 인생입니다."

그 청년은 고양 원더스는 해체됐지만 여전히 프로 선수를 꿈꾸고 있다고 말했다. 그해 10월 모 프로 구단에서 그에게 입단 테스트를 제의했다는 소식도 기사를 통해 알 수 있었다.

수영장에서 그를 처음 만났을 때의 내 바보 같은 행동도 그저 '원 볼, 노 스트라이크'였으면 좋았을 텐데. 언젠가 청년을 다시 한 번 수영장에서 마주치게 된다면 그때는 꼭 그를 향해 전력으로 근사한 스트라이크를 꽂아 넣어야겠다고 생각했다.

오늘 아침에도 나는 수영장에서 그 오드아이 청년을 기다리며, 야구에 자신의 전력을 다하고 있는 그에게 마음으로 간절히 소리 없는 응원을 보냈다.

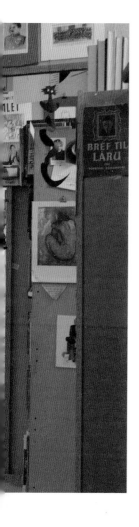

결국,
버릴 수가 없네요

    몇 주 전부터 식탁이나 소파 테이블 등 뭔가 올려놓을 수 있는 곳마다 책들이 쌓여 삐뚤삐뚤한 탑이 생겨나더니 최근 들어서는 거실 바닥에까지도 책들의 탑이 서너 개 생겼다. 물론 책이 많아서라기보다는 책장을 더 들일 수 없을 정도로 집이 좁아서이지만, 어쨌든 집 안 여기저기에 우후죽순으로 책들이 쌓이다보니 청소를 해도 영 티가 나질 않고 개운함도 덜해서 찜찜한 마음도

방 안의 책들처럼 불안한 모양으로 쌓여가고 있었다.

그러다 며칠 전, 밤중에 자다 깨서 물을 마시러 냉장고 쪽으로 가다가 바닥에 쌓인 책탑에 발이 걸려 넘어질 뻔한 것을 계기로, 결국 주말을 이용해 더 이상 펴보지 않을 것 같은 책들을 골라 중고서점에 내놓기로 마음먹었다. 하지만 막상 주말이 되어 오랜 기간 책장에 꽂혀 있던 책들—가엾게도 햇빛에 표지색이 바래거나 종이가 누렇고 퍼석해진—앞에 서자 별안간 큰 돌덩이를 매단 듯 마음이 바닥으로 가라앉았다.

책장에 책들이 워낙 촘촘히 꽂혀 있었던 터라 첫 번째 책을 뽑아낼 때는 마치 벌레 먹어 조금씩 흔들리는 치아를 뽑듯 눈을 질끈 감고 꽤나 힘을 주어야만 했다. 나는 이가 뽑혀나간 잇몸의 움푹 파인 자리를 혀끝으로 갈무리하듯 책이 뽑힌 자리에 생긴 검은 직사각형의 공간을 한동안 바라보았다. 마음속의 무언가가 딱 그 공간만큼 쑥 뽑혀나간 것 같았다. 한때는 나에게 큰 의미였던 것들 중에서 이제는 더 이상 의미가 없어진 것들을 골라내는 행동이 마치 일종의 '배신'처럼 느껴졌기 때문이다.

처음 뽑은 책은 《안나 카레니나(상)》였다.

스무 살이 되던 해 겨울, 대학생 기분을 한껏 내볼 심산으로 외우기도 어려운 인물이 수십 명 등장하고, 분량도 엄청난데다, 어딘가 심술이 난 듯한 러시아 소설을 읽기 시작했다. 도스토옙스키의 《죄와 벌》을 다 읽었을 때, 책 자체의 충격과 감동도 대단했지만 짜증날 정도로 두꺼운 소설을 마지막까지 다 읽어낸 나 자신에 대한 감격이 더 컸더랬다. 그다음 읽은 책은 《카라마조프가의 형제》였다. 읽다 졸고, 졸다 깨서 읽다 감동하고, 감동하다 또 졸면서 지루한 한 달의 시간을 보내고 겨우 마지막 페이지를 넘겼을 때, 나는 '도스토옙스키 마라톤'에서 우승을 차지한 기쁨을 마음껏 누렸다. 다음은 톨스토이의 《부활》이었다. '도스토옙스키 마라톤' 이후 이름이 두세 개씩 되는 복잡한 러시아 이름들에 익숙해진 나는 《부활》을 훨씬 수월하게 읽어냈다. 그다음으로 샀던 책이 바로 《안나 카레니나》였다.

하지만 《안나 카레니나》는 이상하리만큼 흥미를 느끼지 못했다. 어쩌면 말 그대로 '두꺼운' 책들을 몇 권 읽어낸 자신을 뿌듯해하고 있던 터라 더 이상은 도전하고 싶지 않아서였을지도 모른다. 아니면 좀 더 가볍고 유쾌한 작품을 읽고 싶었는지도 모른다. 결국 《안나 카레니나》는 몇 달 동안 가방 안에서 내 어깨만 무겁게 하다가 책장에 꽂혔다. 그리고 어느새 16년이 지난 것이다. 내 손에 들려 있는 《안나 카레니나》에는 스무 살의 내가 가졌던 독서에 대한 경박한 자만심이 그대로 묻어 있었다. 아무도 없는 방 안에서 얼굴을 붉히다 시커먼 공간 안으로 다시 그 책을 밀어 넣었다. 제대로 읽지도 않은 책을 쉽게 떠나보내는 일은 옳지 않다는 생각이 들었다. 책에도 인연이라는 것이 있으니 지금 당장은 아니더라도 언젠가는 꼭 읽게 되리라.

두 번째로 뽑은 책은 프란츠 카프카의 《심판》이었다. 책을 책장에서 뽑아내자 이번에도 역시 이 책을 샀던 날의 서점 풍경이 너무도 생생히 떠올랐다.

고등학교 2학년 여름 어느 주말, 늦은 오후였다. 당시 내가 주말마다 들르던 학교 앞 서점 안은 기우는 해가 만들어낸 붉고 진득한 노을빛으로 가득 차 있었다. 서점에 쌓인 책들과 선 채로 책을 읽고 있던 사람들의 얼굴 모두가 절반은 붉은빛으로 물들고, 나머지 절반은 짙은 그늘이 드리워져 있었다. 그리고 나는 그날도 어김없이 서점 한쪽 구석에 아무 책이나 들고 서서 얼굴을 가린 채 그 시간이면 늘 책을 사러 들르는 한 여학생을 훔쳐보고 있었다. 그녀에 대한 마음은 연애 감정이라기보다는 경외심에 가까웠다. 내가 그녀에게 처음 관심을 갖게 된 것은 봄에 열린 교내 시화전에서 1등을 차지한 그녀의 시 〈뫼르소의 귀향〉을 읽고 나서였다.

그해 시화전의 주제는 '감명 깊게 읽은 소설'을 시로 표현하는 것이었는데, 나는 아무 망설임도 없이 《갈매기의 꿈》을 시로 옮기기로 정했다. 그 당시 나는 밤새 하늘을 나는 갈매기 조

나단 리빙스턴의 이야기에 흠뻑 매료되어 있었다. 몇 번이고 다시 읽을 때마다 마음속 깊이 조나단을 응원하는 동시에 나의 미래를 스스로 열렬히 응원하며 가슴을 뜨겁게 불태우곤 했다. 나는 유치하게도 시의 매 연마다 마치 스스로를 격려하듯 '조나단 리빙스턴 시걸~!' 하고 이름을 외치며 행을 시작했다. '조나단 리빙스턴 시걸'이라는 아홉 글자를 원고지에 쓸 때마다 가슴이 벅차올랐다. 심지어 '나는 먹이를 먹기 위해 나는 것이 아니야, 날기 위해 먹는 거야'라는 명대사를 옮겨 쓸 때는 감동의 눈물을 흘리기까지 했다.

그랬던 나에게 그녀가 쓴 시 〈뫼르소의 귀향〉은 제목부터 가히 충격적이었다. 솔직히 그때는 그 시를 한 구절도 제대로 이해하지 못했지만 제목만으로도 나의 출품작 〈갈매기의 꿈〉과는 전혀 다른 수준임을 단번에 알 수 있었다(맙소사, 〈갈매기의 꿈〉이라니……).

나는 며칠 뒤 문학 수업을 끝내고 교실을 나서는 선생님에게 물어 뫼르소가 카뮈가 쓴 《이방인》의 주인공 이름이라는 사실을 알게 되었다.

'뫼르소, 뫼르소, 뫼르소……'

속으로 몇 번이고 그 이름을 되뇌었다. 발음부터가 나의 '조나단'보다 훨씬 근사했다.

그주 토요일 나는 《이방인》을 사러 서점에 들렀고, 우연히 그곳에서 책을 고르고 있던 그녀를 발견했다. 그렇게 몇 주를 서점에서 마주치고 나서야 그녀도 줄곧 나와 같은 시간대에 서점에 들러 책을 샀다는 사실을 알게 됐다. 하지만 그녀는 내 존재를 전혀 눈치채지 못하는 듯했고, 나는 그렇게 주말마다 서점 구석에 서서 그녀가 고르는 책들을 봐뒀다가 그녀가 서점을 나서면 같은 책을 사서 한 주 내내 읽곤 했다.

그렇게 그 여학생을 따라 샀던 수십 권의 책들 중 한 권이 바로 카프카의 《심판》이었다. 하지만 카프카의 많은 작품들 중에 유독 《심판》은 잘 읽히지 않았다. 나에게 《이방인》은 그녀를 뛰어넘기 위한 필수 과제였고, 《변신》은 기괴한 스토리 자체가 매력적이었다. 그에 비해 《심판》은 썩 구미가 당기질 않아 사 놓고 겨우 몇 페이지만 뒤적이다 덮어뒀었다.

생각은 꼬리를 물고, 졸업 후 몇 년이 지나서 받은 뜬금없는 이메일 한 통이 떠올랐다. 그녀는 자신이 누군지 알겠느냐며 다른 고등학교 동창에게서 내 이메일 주소를 받았노라고 했다. 또 고등학교 시절 주말마다 서점에서 책을 읽던 내 모습이 기억난다며, 이어서 2학년 때 교내 시화전에서 봤던 〈갈매기의 꿈〉이 참 인상 깊었다고 했다. 내가 음악을 하고 있다는 이야기를 동창들에게 들었다며 정말 '조나단 리빙스턴'처럼 사는

것 같다고 멀리서 응원한다는 말도 쓰여 있었다. 대화는 한 번도 나눠본 적이 없지만 늘 친구들과 웃고 떠들던 내 모습을 보며 '말 많은 사람 중에 나쁜 사람이 없지'라고 생각했었다는 말로 그녀는 그 글의 끝을 맺었다.

이메일 목록이 언제나 한 페이지를 넘기지 않도록 관리하는 나의 유난스러운 버릇 탓에 그때의 메일은 가지고 있지 않지만, 오래된 카프카의 책에 손을 대자마자 마법처럼 이 모든 기억들이 너무도 선명하게 떠오른다는 사실에 나는 새삼 놀랐다.

책들의 제목에서 제목으로 시선을 옮길 때마다 그런 일들이 계속해서 벌어졌다. 요시다 슈이치의 《동경만경》은 두 권이 연달아 꽂혀 있었다. 그중 한 권은 7년 전쯤, 단골 카페 바리스타에게 반해 그녀에게 주려고 샀다가 결국 전하지 못한 채 그대로 책장에 꽂힌 것이었다. 영문판 《바람과 함께 사라지다》는 20대 초반 유난히 그 소설에 집착하던 한 여자가 나에게 선물로 주었던 책이고, 옆에 꽂힌 김소월의 시집은 고등학교 시절 별것도 아닌 이유로 절교했던 한 친구가 군대에서 나에게 소포로 보낸 선물이었다.

결국 나는 주말 내내 중고 서점에 내놓을 책을 단 한 권도 고르지 못했다. 대신 그렇게 책장 앞에서 잊고 지냈던 기억들만 떠올리며 현재의 시간을 보내고 말았다.

말랑말랑한
노스텔지어

　어느새 이달의 마지막 밤이었다. 현관문을 열고 집에 들어섰을 때 막 열 시가 지나고 있었다. 이달의 마지막 날이 이제 겨우 두 시간 남은 셈이었다. 나는 TV 리모컨을 찾아 전원을 켰다. 뾰족하게 보고 싶은 프로그램이 있는 건 아니었다. 한 달 내내 TV를 한 번도 켜지 않아도 한 달에 2만 원쯤 하는 유선방송 시청료는 매월 어김없이 통장에서 빠져 나간다는 사실이 억울해서 일단은 뭐라도 틀어놓고 봐야 할 것 같았다. 그렇다고 TV를 없앨 수는 없었다. 버리지 못하는 물건들이 다 그렇듯이 TV도 왠지 언젠가 꼭 정말 필요한 순간이 있을지도 모른다는 생각이 들어서이다. 인류가 언젠가 다시 한 번 달에 가게 되는 날, 1969년 새겨졌던 닐 암스트롱의 발자국 옆으로 새로운 발자국을 새기는 장면을 TV에서 실시간으로 중계할지도 모르는 일이니까. TV의 '레종데트르'는 그것만으로 이미 충분하다.

침대 위에 앉아서 리모컨을 든 팔을 TV 쪽으로 쭉 뻗어 채널 버튼을 눌렀다. 머리로는 그렇게까지 팔을 뻗지 않아도 된다는 걸 알지만 아날로그 시대의 마지막 세대인 나의 몸은 여전히 리모컨 방향이 정확하지 않아도 TV를 켤 수 있다는 사실을 믿지 못하는 듯하다. 고무로 된 채널 버튼은 누를 때마다 말랑말랑한 느낌이 났다. 나는 어려서부터 고무의 말랑말랑한 촉감을 좋아했다. 예전에는 현관문이나 휴대폰의 숫자 버튼도 모두 이런 촉감이었다. 터치스크린이라는 녀석이 불현듯 나타나 사람들에게서 '말랑말랑한 촉감'을 모조리 빼앗아가기 전까지는. 나는 내가 누르고 있는 리모컨의 고무 버튼에서 아날로그 시대에 대한 노스탤지어를 느꼈다. 마음 한구석에 말랑말랑한 감정이 전해졌다.

TV에서는 요즘 시청률이 30%에 육박한다고 하는 인기 절정의 드라마가 흘러나왔다. 드라마는 굉장한 속도로 전개됐다. 보기 시작한 지 몇 분 만에 사건이 동시다발로 터졌다. 등장인물들은 매 장면마다 놀라거나 화를 내거나 펑펑 울었다. 드라마 속 배우들은 모두 잘생기고 예쁘지만 매력적이지는 않았다. 울 때도 예쁘게 울었고, 화를 낼 때도 멋지게 냈다. 대사는 간지러웠다. 드라마 속 인물을 연기하는 것이 아니라 오로지 '예쁨'과 '잘생김'을 연기하는 것처럼 보였다. 한마디로, 나는 드라마를 보는 내내 도무지 몰입할 수가 없었다.

영화 〈매디슨 카운티의 다리〉의 한 장면이 떠올랐다. 메릴 스트립이 비가 쏟아지는 교차로로 멈춘 차 안에서 끝없이 솟아나는 눈물을 참으며 차 문을 열까 말까 망설이는 손동작을 연기했을 때, 나는 그녀의 손을 보며 소리 내서 "아"하고 안타까움의 탄성을 질렀다. 그녀는 대사 한마디 없이 손가락의 떨림만으로 감정을 고스란히 전달했다. 그 장면에서의 메릴 스트립은 더 이상 메릴 스트립이 아닌 '프란체스카 존슨' 자체였다. 그런 그녀를 못 본 척하며 "앞 차는 도대체 뭘 기다리는 거지?"라는 대사를 무심히 던지는 남편 역의 짐 헤이니도 굉장했다. 그는 그 장면에서 결코 할리우드 영화배우로 느껴지지 않았다. 완벽하게 미국 북서부의 무뚝뚝한 농부로 보였다. 내가 생각하는 좋은 드라마, 좋은 연기란 이런 것이다.

문득 대학 시절, 친한 친구와 구내식당에서 점심을 먹다가 천장에 매달린 TV로 드라마를 보며 나눴던 대화가 떠올랐다. 내가 남자 주인공의 내연녀 역을 맡은 신인 여배우를 보며 "저

여배우는 예쁘긴 한데 뭔가 아우라가 없는 것 같아. 배우처럼 보이지 않는달까"라고 말하자 그 친구는 TV에 그대로 시선을 고정한 채 나에게 말했다.

"인마, 좀 긍정적으로 볼 수 없어? 잘 생각해봐. '예쁘긴 한데 아우라가 없다'는 말보다는 '아우라는 없어도 예쁘다'는 말이 훨씬 듣기 좋잖아. 이왕 보는 드라마, 기분 좋게 좀 보자, 응?"

불행히도 아직까지 나란 인간은 도무지 그게 안 된다. 말의 앞뒤를 살짝 뒤집는다고 내용까지 달라지진 않는다. 안 좋은 드라마를 내가 좋게 봐준다고 좋은 드라마가 되는 것도 아니잖은가. 물론 이런 평가는 지극히 개인적인 취향에서 비롯한 것이다. 내 마음에 들지 않는다고 해서 그 드라마를 만드는 사람들과 배우들, 그리고 즐겨보고 있는 시청자들을 비난하고 싶지는 않다.

나는 심드렁한 상태로 백 개가 넘는 채널을 한 번씩 돌려봤다. 한 채널에서는 중년의 배우들과 은퇴한 스포츠 스타들이 모여 앉아 자신의 배우자 흉을 보며 깔깔 웃고 있었다. 또 다른 채널에서는 단 한 번도 운동이라곤 해본 적 없을 것 같은 아나운서가 한껏 멋을 부린 채 스포츠 뉴스를 전하고 있었고, 몇 채널을 더 넘기자 이름 모를 아이돌 그룹의 멤버가 개인기로 섹시 댄스를 추고 있었다. 이 모든 것들이 다 무슨 소용일까. TV에서는 왜 굳이 방송하지 않아도 되는 것들을 방송하고, 사람들은 왜 굳이 보지 않아도 되는 방송들을 보고 있는 걸까.

열두 시가 넘어 새로운 달의 첫날이 되자마자 결국 TV를 껐다. 엄청나게 수다스럽던 TV가 '툭' 하고 꺼지자 아주 잠깐 동안 이 세상의 모든 소리가 증발해버린 듯했다. 나는 조용해진 TV를 가만히 바라보았다. TV가 억울한 목소리로 이런 질문을 던지는 듯했다.

"이봐, 아무리 그래도 좋아할 만한 구석이 하나쯤은 있지 않아?"

나는 '리모컨의 말랑말랑한 고무 버튼'을 떠올렸다.

근사한
굿모닝

눈을 떴을 때 가장 먼저 보인 건 새하얗고 동그란 망고의 뒤통수였다. 어젯밤에 너무 졸린 나머지 침실 문을 제대로 닫지 않았던 모양이다. 망고는 침대 위에서 나랑 똑같은 방향으로 누워 자고 있었다. 깊이 잠든 망고가 깰까봐 조심스레 곁눈질로 시계를 봤다. 아침 여덟 시가 다 되어가고 있었다. 흰 리넨 커튼 사이로 햇살이 사선으로 새어 들어와 왼쪽 발등에 살짝 닿아 있었다. 항상 잘 자는 편이지만 오늘은 유난히 더 푹 잔 것 같았다. 집 밖으로 나가 어디든 걷고 싶었다. 나는 망고를 흔들어 깨웠다. 망고는 천천히 일어나서 온몸이 늘어져라 기지개를 켜고는 어슬렁어슬렁 다가와 내 얼굴을 몇 번 혀로 핥았다. 아무튼 여러모로 기분 좋은 아침이었다.

침대에서 내려와 거실로 나가자 망고는 내 뒤를 따라 나와서는 곧바로 거실 소파 위에 다시 자리를 잡았다. 망고는 아직 더 자고 싶은 모양이었다. 나는 소파 위에 몸을 둥글게 말고 누운 망고를 보다가 문득 궁금해졌다. '이 녀석은 하루에 몇 시간이나 자는 걸까?' 대략 15년 정도를 사는 개에게 자는 시간을 빼고 나면 깨어 있는 시간은 몇 년이 채 되지 않을 것 같았다. 평소에 망고와 조금 더 많은 시간을 함께해야겠다는 생각이 들었다. 그래도 오늘은 좀 더 자고 싶어 하는 망고를 깨우지 않기로 했다.

반팔 티셔츠 위에 후드 집업을 대충 걸치고 눈을 비비며 집 밖으로 나왔다. 걷기 좋은 날씨였다. 눈곱이 떨어진 자리에 따스한 아침 햇살과 시원한 공기가 와 닿았다. 주말의 상수동은 잔뜩 멋 부린 청춘들로 시끌벅적하지만 월요일 아침은 오히려 다른 동네보다 더 조용했다. 사람들이 사라진 골목은 모두 어제보다 조금씩 넓어 보였다. 마치 매일 입던 바지의 허리가 왠지 조금 헐렁해졌을 때처럼 기분 좋은 느낌이었다.

일찍 문을 연 카페를 찾아 이곳저곳을 걸었다. 테라스에 앉아서 커피를 마시며 한두 시간 책을 읽고 싶었다. 하지만 카페들은 대부분 아직 문을 열기 전이었다. 반쯤 열어둔 유리문 사이로 음악에 맞춰 리듬을 타며 청소를 하는 젊은 바리스타들이 보였다. 책을 가장 좋아하는 사람이 결국 책을 만드는 사람이 된다는 누군가의 이야기가 떠올랐다. 커피를 가장 좋아하는 사람은 아마도 커피를 만들기 전에 열심히 카페를 청소하는 바리스타일 거란 생각이 들었다. 좋아하는 일은 취미로 해야 한다는 말도 있지만 그 일을 정말로 좋아하는 사람은 결국 그것을 직업으로 삼고야 만다.

당인리 발전소 옆길에 한 줄로 늘어선 가로수들이 선선한 아침 바람에 부드럽게 흔들렸다. 다행히 일찍 문을 연 카페를 한 군데 찾았다. 살짝 열어놓은 문으로 엘라 피츠제럴드의 노래와 크루아상을 굽는 냄새가 동시에 흘러 나왔다. 새어 나오는 노래 소리와 고소한 빵 냄새의 밸런스가 너무도 자연스러워서, 마치 카페 안에서 진짜 엘라 피츠제럴드가 빵을 구우며 노래를 하고 있는 것처럼 느껴졌다.

나는 문을 열고 들어가 아몬드 크루아상과 아이스 라테를 주문하고 창가 쪽 구석 자리에 앉았다. 주방의 널찍한 오븐용 트레이 위에는 노란 버터색 크루아상들이 줄을 맞춰 가지런히 놓여 있었다.

오븐에 들어가기 전의 크루아상들은 마치 노란 체육복을 단체로 입은 유치원생 같은 모습이었다. 매장 반대편 구석에는 태어난 지 두세 달이 채 되지 않은 새끼 고양이가 하얗고 통통한 앞발로 벽에 세워둔 스케이트보드의 바퀴를 굴리고 있었고 두어 걸음 떨어진 곳에서는 새끼 고양이와 꼭 닮은 어미가 물끄러미 그 모습을 바라보고 있었다.

문득 빵 굽는 걸 배워볼까 하는 생각을 했다. 나중에 가족이 생기면 아침마다 제일 먼저 일어나 아내와 아이들을 위해 나지막이 프랭크 시나트라의 노래를 흥얼거리며 간단한 식사용 빵을 굽는 아버지가 되는 것이다.

꽤 근사한 꿈같았다. 당장 시간을 내서 빵 만드는 일을 배우는 것이 쉽진 않겠지만, 그럼에도 불구하고 근사한 아침에는 언제나 이런 근사한 생각을 하게 된다.

BUY 6 COFFEES & GET 1 FREE

'살아가는 데 꼭 필요한 건 아니지만
그래도 분명 없을 때보다는 있을 때 기분 좋은 것들'
대체로 이런 것들이 세상을 로맨틱하게 만든다.
음악이 그렇고,
꽃도 그렇다.
거창하진 않지만 특별한 것들,
실용적이진 않지만 재밌는 것들,
비논리적이지만 가슴에 와 닿는 것들.

세상을 로맨틱하게
만드는 것

3월의 첫날, 밤 열두 시. 강남 고속터미널 꽃시장에 갔다. 드디어 봄이 왔다는 생각에 괜히 설레 튤립을 한 다발 사서 집에 꽂아두고 싶었기 때문이다.

고속터미널 건물 3층 꽃시장 입구에 들어서자마자 꽃향기가 확 밀려왔다. 시장은 꽃과 꽃이 담긴 박스들, 그리고 그 사이를 바쁘게 걸어 다니는 사람들로 가득했고 상인들은 장사 준비를 하면서 동시에 손님들까지 상대하느라 정신없이 바빴다.

점포와 점포 사이 통로는 그 많은 사람들이 오고 가기에 비좁았고, 꽃을 나르는 수레까지 지나다녀야 해서 사람들끼리 서

로 부딪히거나 중심을 잃고 휘청거리는 모습이 여기저기서 보였다. 보통 이렇게 복잡하거나 시끌벅적한 장소에 가면 들어서기도 전부터 현기증이 나곤 하는데, 이곳에서는 그런 불편마저 감수하게 된다. 나는 꽃을 좋아하는 사람이야말로 이 시대 마지막 로맨티스트라고 믿고, 그런 로맨티스트들을 좋아하기 때문이다.

매년 밸런타인데이나 크리스마스 시즌이 되면 인터넷 신문이나 《코스모폴리탄》 같은 잡지에서 '받고 싶은 선물'에 대한 설문조사를 하고 그 결과를 싣는다. 그 기사에 따르면 수많은 사람들이 꽃보다는 자신이 원하는 물건을 더 받고 싶어 한다. 그리고 나는 도무지 그런 사람들을 좋아할 수가 없는데, 꽃의 아름다움에 감동하지 못하는 사람이 이 세상 어디에서 감동을 느낄 수 있을까 하는 것이다.

선물한 사람의 진심을 헤아리는 쪽보다 자신에게 더 필요한 무언가를 받고 싶은 마음이 먼저라는 사실은 정말 삭막하고 슬프다. 그것도 1년 중 가장 로맨틱하다는 날에 말이다.

'살아가는 데 꼭 필요한 건 아니지만 그래도 분명 없을 때보다는 있을 때 기분 좋은 것들'

대체로 이런 것들이 세상을 로맨틱하게 만든다. 음악이 그렇고, 꽃도 그렇다. 거창하진 않지만 특별한 것들, 실용적이진 않지만 재밌는 것들, 비논리적이지만 가슴에 와 닿는 것들. 이런 '귀여운 불안함'이 우리 삶에 활기를 준다. 나는 그런 것들을 사랑한다.

집 안에 꽃을 두고 가만히 바라보고 있으면 다른 것들에선 받지 못하는 아련함과 감동을 느낀다. 그 감동은 꽃의 '생명력'에서 온다. 꽃을 보는 기쁨은 길어봐야 일주일인데 그에 비해 가격이 비싸게 느껴질 수도 있다. 조금이라도 꽃을 오래 보기 위해 매일 물을 갈아주고 줄기를 손질해주는 일 또한 번거롭다. 하지만 그렇게 하는 이유는 바로 꽃이 살아 있기 때문이다. 살아 있기에 더 아름답고, 살아 있기에 그것을 지키기 위해 번거로움을 감수하게 되고, 언젠가 시든다는 사실을 받아들여야 하는 것이다.

생명을 다하고 시들어버린 꽃을 화병에서 꺼내 쓰레기통 앞으로 가져갈 때는 이곳에 이렇게 버려져도 되는 걸까 싶어 가슴이 먹먹한 채로 한동안 서 있게 된다. 생명을 가진 존재가 주는 아름다움과 감동은 그 무엇과도 비교할 수 없다.

이름 모를 수많은 로맨티스트들과 섞여 꽃시장 안을 여기저기 돌아다니다가 한 시간 만에 마음에 드는 흰색 튤립을 찾았다. 작게 오므라진 봉오리는 연한 크림색이 돌았다. 줄기는 완만하고 우아한 커브를 그리고 있었다. 여름에는 한 단에 이만

오천 원이나 하던 튤립이 지금은 육천 원이었다. 다음부터는 늘 이맘때 튤립을 사러 와야겠다고 생각하면서 기분 좋게 두 단을 품에 안고 밖으로 나왔다.

집으로 돌아오니 새벽 두 시였다. 역시나 사람 많은 곳에 오래 있는 것이 꽤 힘든 일이었는지 집에 오자마자 잠이 쏟아졌다. 하지만 화병에 튤립을 꽂아두고 잠자리에 들어야 할 것 같아서 재빨리 줄기 밑동을 사선으로 잘라준 후 새로 산 화병에 물을 담고 꽃이 상하지 않도록 정성스레 꽂았다.

졸려서 실눈을 뜬 채로 집 안을 둘러보며 이걸 어디 둘까 생각하다가 소파 앞 테이블 위에 잠시 올려두고 '아, 예쁘다' 생각하고는 그대로 소파에서 곯아떨어졌다.

다음 날 아침 일곱 시에 잠에서 깼다. 눈을 뜨자마자 제일 먼저 눈앞에 어제 꽂아둔 튤립이 보였다. 튤립은 밤새 활짝 피어 있었다. 거실 창문으로 들어오는 빛이 흰 꽃잎을 은은하게 비췄다. 꽃잎에서 빛이 나는 것 같았다. 잠에서 깨자마자 제일 먼저 보게 되는 것이 하얀 튤립이라니. 나는 한동안 누운 채로 꽃을 바라봤다. 역시 꽃을 사길 잘했다는 생각이 들었다.

예쁘게 핀 튤립이 살아가는 데 꼭 필요한 것은 아니지만, 분명 없을 때보다는 있을 때 훨씬 기분 좋은 것이다.

두 번째

관계의
목소리

망고의
마음

'침실에는 절대 들어오지 말 것.'

이것은 망고와 내가 3년째 같이 살면서 정해놓은 몇 가지 약속들 중 하나이다. 하지만 망고는 가끔 이 약속을 어기고 침실에 들어오고 싶어 할 때가 있다. 둘 사이의 약속이 확고해지기 위해서는 그럴 때마다 단호하게 "안 돼"라고 말해야겠지만 망고가 살짝 열린 방문 틈으로 얼굴을 빠끔히 내밀고 그 '한없이 투명에 가까운' 표정으로 물끄러미 바라볼 때면 나는 또 어쩔 수 없이 한 번만 더 약속을 어기기로 한다. 둘 사이의 약속도 중요하지만 누구에게나 그렇듯 이 녀석 역시 가끔은 누군가의 체온이 절실하게 그리운 날이 있을 테니까 말이다.

망고는 문 앞에 가만히 서서 허락을 기다리다가 내가 애써 못 이긴 척 "망고, 이리 와" 하고 부르면 그제야 귀를 뒤로 스윽 접은 채로 고개를 살짝 숙이면서 '그럼, 오늘은 좀 들어가겠습니다' 하는 느낌으로 미끄러지듯 걸어 들어온다. 그리고 나서 슬쩍 뛰어 침대 위로 올라오면 들어오기 전부터 이미 봐둔 자리가 있다는 듯이 곧바로 자신의 등을 내 옆구리 라인에 퍼즐 조각 맞추듯 꼬옥 갖다 대고 눕는다. 그 상태로 가만히 있다 보면 나보다 '딱 1도씨 높은' 망고의 체온이 옆구리로 기분 좋게 전해져오고, 그렇게 우리 둘은 오후 내내 따뜻한 햇살이 드는 침대에 함께 누워 아무 말 없는 각자의 시간을 보내곤 한다.

그런데 최근 들어 침대 위에 올라온 망고가 몸을 휙 뒤집고는 배를 하늘로 향하고 누워서, 마치 잠든 룸메이트 옆에서 말 못할 고민으로 밤을 지새우는 영화 속 주인공 같은 표정을 하고 천장을 가만히 바라볼 때가 있다. 사람들은 흔히 '개 팔자가 상팔자'라고 하지만 이렇게 가슴 먹먹해지는 눈빛으로 천장을 바라보는 망고를 보고 있으면 역시 망고에게도 뭔가 나름의 사정과 심각한 고민이 있겠구나 하는 생각을 할 수밖에 없다.

　개 나이로 세 살이면 사람으로 치면 이제 스무 살이 넘은 나이니 따지고 보면 고민이 많을 수밖에 없는 시기이기도 하다. 때로는 갑자기 뜻 모를 공허함이 밀려오기도 하고, 때로는 그저 매일 똑같은 사료나 산책로가 지겨워 짜증이 날 수도 있을 것이다. 어떤 날은 태어난 지 몇 주 만에 떨어져서 다시는 서로 볼 수 없게 된 어머니를 상상하기도 하고, 어떤 날은 같이 어머니의 젖을 물던 형제들의 체온을 그리워할 수도 있을 것이다. 어떤 날은 아침 산책 때 우연히 스쳐 지나간 멋진 수컷 재패니즈 스피츠의 뒷모습이 자꾸 떠오르기도 하고, 또 어떤 날은 몸속 깊숙이 흐르는 썰매개의 피―혹한의 날씨와 눈보라를 뚫고 썰매를 끌던 강인한 조상들에게서 물려받은―가 매일 따뜻한 방 소파 위에서 낮잠만 자고 있는 자신을 다그쳐서 괜스레 울적한 기분이 들지도 모른다.

하지만 이럴 때 나는 망고에게 아무런 말도 하지 않는다. 이러쿵저러쿵 아무리 망고의 마음을 상상해봤자 결국에는 망고의 속내를 알 방법도, 도와줄 수 있는 일도 없기 때문이다. 그저 망고에게도 내 체온이 기분 좋게 전해지길 바라며 오후 내내 내 방 침대 위에 함께 누워서 말없이 천장을 바라볼 뿐이다.

망고의
산책

"산책?"

내가 혀를 입천장 쪽으로 사뿐하게 올려붙이고 '산책'의 'ㅅ'을 발음하려 하면 구석에 누워 있던 망고는 벌써 무슨 말을 할지 알고 뾰족한 귀를 세우며 경쾌하게 내 쪽으로 고개를 돌린다. 망고에게 '산책'이란 단어는 어떤 소리로 들릴까? 이 녀석도 막연하게나마 산책의 의미를 알고 있을까? '산책'이라는 두 글자가 주는 느릿하고 설레는 여유로운 분위기를 어렴풋이 느낄 수 있는 걸까? 어쩌면 투명한 아침 바람과 연두색의 어린 잎사귀들이 나누는 유쾌한 대화가 우리에게 그저 '스으으, 츠으으' 하는 기분 좋은 바람 소리로 들리는 것처럼 내 치아와 혀의 움직임이 만드는 '산책'이라는 소리도 망고에게 는 그저 '사아아, 차아아' 하는 기분 좋은 바람 소리로 들릴 는지 모른다(그래서 가끔은 '산채', '삼초', '산초', '삼촌', '센 척', '산타' 등등 비슷한 발음으로 망고에게 장난을 치기도 한다).

망고의 작고 동그란 머릿속을 들여다볼 수는 없지만 '산책'이 란 말소리 자체를 너무나도 좋아하는 것은 확실하다. 끝을 살 짝 올린 '산책?'이라는 두 음절이 입 안에서 미처 다 발음되기 도 전에 망고는 이미 내 앞에 와서 연신 꼬리를 흔들어대니까.

'사랑해', '이리 와', '공' 그리고 '간식'. 이 밖에도 망고가 좋 아하는 단어들은 꽤 있지만 역시나 '산책'만큼 좋아하지는 않 는다. 망고에게 '산책'이라는 단어가 그렇다면, 이 세상 수많은 단어들 중에 나를 가장 설레게 하는 단어는 어떤 것일까? '사 랑', '그녀', '꿈', '모험', '고래', '마이클 조던', '아폴로 11호' 그 것도 아니면 '맛집'? 가장 좋아하는 단어들을 하나씩 천천히 되 뇌어봐도 역시 산책이란 단어를 들었을 때의 망고만큼 설레지 는 않는다(만약 나한테 꼬리가 있다 해도 이 단어들이 내 꼬리를 그렇게 까지 격렬하게 흔들게 하진 못할 것 같다). 그래서 망고에게 '산책'이 라는 말이 가진 의미와 크기에 대해서도 나는 감히 상상할 수 가 없다.

우리는 늘 집 앞 호수공원을 크게 한 바퀴 반 도는데 망고는 매일 같은 코스임에도 언제나 마치 이곳에 처음 와본 것처럼 신나게 걷는다. 산책하는 내내 연신 좌우로 고개를 돌리면서 주변을 관찰하고 공원 구석구석의 냄새를 일일이 맡는다. 아마도 젤리처럼 봉긋하고 말랑말랑한 발바닥으로 내가 미처 알지 못하는 작은 것들, 어제와는 조금 다른 촉촉한 흙과 이슬 맺힌 잔디를 느낄 수도 있고 혹은 나보다 적어도 수백 배는 더 예민한 후각으로 꽃들이 피기 전날의 향기, 매일 산책로를 스쳐가는 무수한 사람들의 일상을 느끼고 있는지도 모른다.

망고에게 산책이 이렇게 매일, 매순간 새로운 세상을 여행하고 새로운 이야기를 만나는 것을 뜻한다면, 망고가 이 세상 그어떤 말보다 '산책'이란 단어를 더 좋아하는 것도 당연하다. 망고라면 분명히 우리가 매일매일 똑같다고 느끼는 팍팍한 일상마저도 '망고의 산책'처럼 신나게 살아낼 수 있으리라는 생각이 든다.

망고가 내 입에서 나는 산책의 'ㅅ' 소리만 듣고도 그날 새롭게 만나게 될 모든 것들에 대해 설레어하는 것처럼, 나 역시 망고와 함께 공원을 걷는 내내 '스으으' 하고 불어오는 청량한 바람 소리만으로 오늘 새롭게 만나게 될 모든 것들에 대해 설레어할 수 있다면 얼마나 좋을까. 나보다 딱 1미터 정도 앞에서 뒤도 안 돌아보고 신나게 걷는 망고의 엉덩이를 3년째 따라다니다보면 가끔 이런 생각이 들기도 한다.

   '망고 이 녀석, 항상 아무 생각 없는 것 같아도 가만히 보면 늘 나보다 1미터 정도 앞서 있단 말이야⋯⋯.'

겨울이면 얼음장처럼 차가워지는 어머니의 손을
내 코트 주머니에 넣고 지그시 감싸 쥐면
어머니는 난로가 따로 없다며 웃으시고는
손이 따뜻한 건 마음이 따뜻해서라고 하셨다.

벙글벙글
식당의 추억

　고향인 대구에 잠깐 다녀올 일이 생겼다. 오랜만에 내려갔지
만 아쉽게도 그날 바로 서울로 돌아와야 했기에 볼일을 마치고
곧바로 기차역으로 왔다. 출발 시간도 좀 남았고 배도 출출하
고 해서 뭘 먹을까 고민하다가 문득 20년 전 어머니와 갔던 오
래된 식당이 떠올랐다. 딱 한 번 갔던 곳이지만 기분 좋은 가게
이름 덕분에 나는 여전히 그곳을 기억하고 있었다.
　'벙글벙글 식당'
　문을 열자마자 보이는 식당 내부는 하나 건너 하나씩만 켜
둔 형광등 때문에 어둡고 무거운 분위기였고 점심시간이 한참

지나서인지 텅 비어 있었다. 계산대에 앉아 졸고 있던 아주머니가 문 열리는 소리에 놀라 아무도 없는 방향에다 대고 심드렁한 대구 사투리로 "어서 오이소" 하고 인사를 하셨다. 커버가 씌워진 채 여름을 기다리는 벽걸이 선풍기와 오래된 식당에서 흔히 볼 수 있는 싸구려 테이블, 닳아서 스펀지가 비집고 나온 의자, 홀 내부에 가득한 구수한 육개장 냄새와 훈훈한 난로의 열기까지 모든 것이 내 기억 속 모습 그대로인 듯했다. 아니, 어쩌면 반대로 예전 그대로인 모든 것이 내 기억을 다시 살려냈는지도 몰랐다.

가게 안으로 한 발짝 내디디자 20년 전 짧은 스포츠머리에 남색 교복을 입은 내가 어머니와 함께 이 가게에 들어서던 날이 이상하리만큼 선명하게 떠올랐다. 문득 그날의 향수에 사로잡혀 예전에 어머니와 함께 앉았던 바로 그 테이블에 다시 앉아 육개장 한 그릇을 시켰다.

테이블에 놓인 플라스틱 컵에 따뜻한 물을 따르자 맞은편에 앉아서 이 식당에 대해 이런저런 얘기를 하며 내 앞에 수저를 놓아주시던 젊고 예쁜 어머니의 모습이 떠올랐다. 손가락 마디마다 주름이 많은 것이 콤플렉스라고 하시던 어머니의 손과 이제는 없지만 당시에는 끼고 있던 금반지의 모양도 떠올랐다. 그때 어머니는 대구에서 이 집 육개장이 제일이라며, 친구들과 지난번 왔을 때 다음에는 아들을 데려와야지 생각했다고 말씀하셨다. 어머니는 그때나 지금이나 나를 이름 대신 '아들'이라고 부르신다.

자리에 앉은 지 몇 분 지나지 않아 낡고 투박한 뚝배기에 담긴 뜨거운 육개장이 내 앞에 놓였다. 육개장도 처음 이곳에서 먹었던 날의 모습 그대로, 뻘건 기름이 둥둥 뜬 국물 위로 푸욱 익은 대파가 잔뜩 올려져 있었다. 숟가락을 들고 시계 방향으로 국물을 휘휘 젓자 밑바닥에 가라앉아 있던 무가 국물 위의 고추기름을 가르며 휙 떠올랐다가 다시 가라앉았다. 반대 방향으로 젓자 이번에는 큼지막한 양지머리 두 덩이가 숟가락에 쓰윽 하고 딸려왔다. 딱 두 덩이다. 예전에도 두 덩이였던가. 아껴두었다가 마지막에 먹기로 하고 다시 국물 안으로 밀어 넣었다.

따로 나온 밥을 육개장 국물 속에 몽땅 말고는 커다란 대파 한두 조각과 함께 크게 한 숟갈 떠서 "후우, 후우" 하고 몇 번 대충 불어 입 안에 넣었다. 육개장은 원래 입 안이 다 데일 듯 뜨거워야 제맛이다. 머리를 뒤로 젖히고 입을 크게 벌린 채 "후아아" 하고 뜨거운 기운을 뱉어가며 뒤통수에 땀이 송골송골 맺힐 때까지 그렇게 연거푸 몇 숟가락을 먹었다.

20년 만에 다시 먹은 육개장은 정말로 맛있었다. 푹 익은 파와 무는 달짝지근한 맛을 내며 스르륵 녹았고 국물을 흠뻑 머금은 흰 쌀밥은 씹을수록 구수했다. 나는 한 숟가락 한 숟가락 맛을 음미하며 아껴뒀던 고기 두 점을 마지막으로 육개장 한 그릇을 깨끗이 비웠다. 몸 구석구석까지 기분 좋은 온기가 가득 퍼졌다.

어쩌다보니 지금은 조금 무심한 아들이 되어버렸지만 20년 전의 나는 어머니에게 꽤 다정한 아들이었다. 어머니가 방문 앞에 서서 "아들, 시장 가자" 하고 부르면 나는 하던 일을 제쳐두고 곧장 어머니를 따라나섰다. 그리고 시장을 걸어 다니는 내내 어머니의 손을 꼭 잡고 걸었다. 겨울이면 얼음장처럼 차가워지는 어머니의 손을 내 코트 주머니에 넣고 지그시 감싸 쥐면 어머니는 난로가 따로 없다며 웃으시고는 손이 따뜻한 건 마음이 따뜻해서라고 하셨다. 그럴 때마다 나는 늘 손이 찬 어머니가 마음은 나보다 훨씬 따뜻하다는 것을 알면서도 머쓱해서 말없이 웃었다. 정확히 기억나지는 않지만 함께 이 가게에 왔던 그날도 나는 어머니와 다정하게 손을 잡고 들어와 육개장을 앞에 두고 긴 수다를 떨었을 것이다.

식당 문을 열고 나가려다가 마지막으로 한 번 더 천천히 가게 안을 둘러봤다. 어머니도 이후로 한 번쯤은 이곳에서 홀로 육개장을 드시며 당신 손을 감싸 쥐던 아들의 따뜻한 손을 떠올렸을지 모른다고 생각하니 밥을 배불리 먹었는데도 어쩐지 마음 한구석이 헛헛했다.

통화 목록을 보니 어머니에게 안부 전화를 건 지 어느새 보름도 더 지나 있었다.

가족이란 이런 거구나 싶다.
서로가 꼬리를 물고 서로의 편이 되어주는 것.
그래서 결국은 모두 같은 편이 되는 것.

오늘 세상이 멸망하는 것은
조금 곤란합니다

'오빠, 저녁에 놀러가도 돼?'

아침에 자고 일어났더니 여동생에게서 메시지가 와 있었다. 이제는 결혼해서 두 살배기 아이의 엄마가 된 여동생은 아이를 데리고 남편인 강두(여동생과 연애하던 시절부터 내가 부르던 별명이다)와 함께 종종 우리 집에 놀러 오곤 한다. 하지만 그래 봐야 강두가 퇴근하는 저녁 여덟 시 이후에나 오는 것이라, 저녁식사를 하면서 한두 시간 정도 수다를 떨다보면 어느새 아이 재울 시간이라며 방에 들어가 잘 준비를 하는 것이 전부이다. 그래도 역시 동생네 가족이 놀러 온다고 하면 언제나 반갑다.

한 살 터울인 나와 여동생은 어린 시절부터 각별한 친구처럼 지냈다. 동생도 학창 시절 내내 음악에 관심이 많았던 터라 함께 레코드점 구경을 가기도 하고, 둘 중 하나가 새로운 음반을 사면 다른 한 사람이 올 때까지 기다렸다가 오디오 앞에 나란히 앉아 음악을 듣기도 했다. 내게 브라이언 맥나이트나 드루 힐을 처음 들려주고 자드나 에브리 리틀 씽, 브릴리언트 그린 같은 일본 뮤지션을 알게 해준 사람도 동생이었고, 뮤지션이 되기로 마음먹었을 때 "우리 오빠는 다른 사람들이랑은 뭔가 좀 다르니까"라며 응원해준 사람도 동생이었다.

이제는 남편이 된 강두는 여동생의 첫 번째 남자친구였다. 동네 친구에서 연인으로 발전해 10년 동안 연애를 하다가 결국 결혼까지 이르게 되었는데, 이런 경우는 역시나 인연이라고밖에는 생각할 수가 없다. 강두는 운동으로 다져진 건장하고 단단한 신체를 가졌지만 마초와는 거리가 멀고, 말수는 적지만 웃음은 많은, 내 기준에서는 '진정한 남자'에 속하는 몇 안 되는 사람 중 하나이다. 자기 고집은 있지만 자상하고, 누구에게나 매너로서가 아니라 마음에서 우러나는 배려를 하는 사람이랄까.

그런 강두에게도 의외로 귀여운 구석이 있는데, 하나는 '피카추'와 〈원피스〉에 나오는 '초파'를 무진장 좋아한다는 점이다. 한번은 일이 있어 일본에 다녀오는 길에 '강두, 뭐 필요한 거 있어?'라고 메시지를 보냈더니, '형, 혹시 시간 괜찮으시면 한정판 초파 피규어 좀 사다주세요'라는 답장이 와 피식 웃기도 했다. 또 다른 하나는 그가 경품 이벤트 마니아라는 점이다. 이런저런 이벤트마다 도대체 얼마나 많이 응모를 하는지 만날 때마다 당첨된 물건들을 하나씩 꺼내놓아서 나를 웃게 만든다.

'그래, 저녁에 놀러 와. 뭐 먹고 싶은 거 있어?'

답장을 보내놓고 동생 가족을 맞을 준비를 시작했다. 막 걷기 시작한 조카 민우는 아직 무서울 게 없는 나이인 데다 태권도 선수 출신인 아빠를 닮았는지 에너지가 무한정 넘친다. 일말의 망설임도 없이 곧장 위험 속으로 자신을 내던지는 전형적인 '개구쟁이 데니스' 타입이라 녀석의 손이 닿을 만한 물건은 최대한 높은 곳으로 치우고 혼자 기어 올라갈 수 있는 층계마다 뭔가를 쌓아 바리케이드를 만드는 것부터가 준비의 시작이다.

민우는 나에게 세상에서 하나뿐인 조카이고 선한 인상의 강두를 쏙 빼닮아서 무진장 귀엽고 사랑스럽지만, 그럼에도 불구하고 평소에 그 녀석과 하루 종일 전쟁을 치러댈 동생 또한 나에게는 하나뿐인지라 민우가 엄마를 붙들고 떼를 쓸 때면 동생 걱정이 된다. 그래서 강두가 "애들이 다 그렇지" 하고 민우 편을 들면 나는 "녀석, 왜 이렇게 엄마를 못살게 군대?" 하고 동생 편을 들게 된다. 그런데 그러면 동생은 오히려 "애들이 다 그렇지, 뭐"라며 다시 강두 편을 든다. 그럴 때면 동생의 말에 조금 서운하면서도 가족이란 이런 거구나 싶다. 서로가 꼬리를 물고 서로의 편이 되어주는 것. 그래서 결국은 모두 같은 편이 되는 것.

막 청소기를 꺼내 코드를 꽂으려는데 동생에게서 답장이 왔다.

'초밥 먹을까? 오빠네 집 앞에 그 작은 초밥집, 거기 음식 꽤 잘 나오던데. 아, 그리고 오늘 강두가 새로 나온 재난 영화 다운받아뒀대. 민우 얼른 재우고 보자.'

'오늘도 재난 영화냐?'

동생은 어렸을 때부터 유독 재난 영화를 좋아했다. 동생과 강두가 연애를 하던 시절에도 종종 셋이 함께 영화를 보러 갔는데, 강두는 연애 초기에 이미 주도권을 동생에게 모두 내준 상황이라 우리가 보는 영화는 한결같이 '팡팡 터지는' 영화였다.

한번은 이상기후로 온 세상이 눈으로 덮인다는 설정의 영화를 보러 갔다. 눈, 코, 입이 보통 사람보다 두 배는 큰 제이크 질런홀이 주인공이었다. 엄청난 눈보라 앞에서 무력할 수밖에 없는 주인공의 웃고 울고 두려워하는 모습이 다른 배우들보다 두 배는 더 극적으로 보인 데다, 한여름에 개봉한 터라 극장 내에 에어컨까지 최대로 가동되고 있어서 반팔 차림으로 앉아 있던 우리는 영화를 보는 내내 오들오들 떨었다. 실제로 이상기후를 체험한 것 같은 기분이었다. 영화가 끝나고 무사히 현실 세계로, 즉 무더운 8월의 인천으로 돌아오자 동생은 천만다행이라는 표정을 지으며 이렇게 말했다.

"와, 진짜 다행이다. 세상이 진짜 멸망한 게 아니라서. 그치?"

당시에는 바보 같은 그 말이 너무 어이가 없어서 아무런 대꾸도 없이 피식 웃고 넘겼지만, 오늘 밤 영화를 보고 나서 여동생이 이런 말을 꺼낸다면 왠지 나 역시도 "그러게, 정말 다행이네" 하고 대답할 수 있을 것 같았다.

살아가면서 나에게도 점점 소중한 사람들이 늘어나고 그들과 같이 해보고 싶은 것들이 늘어난다. 이 세상이 멸망한다는 것은 이들이, 이들과 함께할 시간이 모두 사라져버린다는 뜻이다. 어느 별에서 이렇게 아름다운 사람들을 또 만날 수 있을까. 이렇게 사랑스러운 사람들이 살고 있는 이 세상이 멸망하는 것은 오늘 내게는 조금, 아니 무척 곤란한 일이 되어버렸다.

해피
카레라이스
데이

　어떤 날은 아침에 눈을 뜨자마자 '아, 오늘은 카레라이스다' 싶은 날이 있다. 침대에 누운 채로 밤새 따뜻해진 이불 속에서 오른쪽 다리만 스르르 꺼내고는 발끝에서부터 시원해지는 아침 기운을 만끽하다가도 한 번 더 '그래, 역시 오늘은 카레라이스지'라고 되뇌는 날은 모든 스케줄을 조금씩 미루고 점심으로 카레라이스를 먹으러 간다. 해피 카레라이스 데이!

카레라이스를 생각하면 언제나 자연스레 보글보글 끓는 카레를 국자로 휘휘 젓고 있는 어머니의 뒷모습이 떠오른다. 국자로 카레를 저을 때마다 그 안에 든 양파, 햄, 당근이 끓고 있는 노란 카레 위로 머리를 쑥 내밀었다가 들어가기를 반복한다. 그러다보면 어느새 온 집 안에 매콤한 카레 향이 감돈다. 그렇게 한 솥 끓여둔 카레는 맞벌이를 하시는 부모님이 출근하시고 나면 그날 하루 나의 점심, 저녁 메뉴가 되고 어떤 때는 그다음 날 아침, 점심 메뉴까지 되었다. 그래서 그런지 가끔 집에서 해 먹는 밥이 그리울 때면 나는 가장 먼저 카레라이스가 떠오른다.

내 인생의 카레라이스라고 하면 역시 학창 시절 어머니가 해주시던 어머니표 카레라이스이다. 하지만 지금은 어머니와 멀리 떨어져 사는 데다 어른이 되고부터는 1년에 몇 번 찾아뵙지 못하는 터라 어머니표 카레라이스는 이제 추억의 음식이 되었다. 대신 연희동 주택가에 위치한 작은 가게 H를 많이 찾고 있다.

이 식당은 연남동 작은 골목에 본점이 따로 있지만 나는 언제나 연희동의 분점을 찾는다. 그 이유 중 첫 번째는 연희동이라는 동네가 갖고 있는 특별함 때문이다. 연희동 주택가는 여전히 80년대의 고풍스러운 정취가 남아 있어 동네를 걸을 때면 어린 시절의 추억이 함께 떠오른다. 또한 골목 사이사이마다 특유의 차분함과 여유가 배어 있어 길을 지나는 사람들의 마음까지도 누그러지게 만든다. 카레라이스 한 그릇에도 그 안에는 만드는 사람의 세계가 담기기 마련이니 이런 느긋한 동네의 음식이 맛이 나쁠 리가 없다.

두 번째 이유는 가게의 자연스러움과 아늑함 때문이다. '드르륵' 하고 미닫이문을 열고 식당 내부로 들어서면 소박하고 단출한 직사각형의 공간에 'ㄷ'자 모양으로 탁자가 놓여 있다. 탁자 앞에는 열 명 남짓 손님이 앉을 수 있는 작은 의자들이 있고 가게 구석에는 무심결에 제멋대로 자라버린 듯한 화분들이 놓여 있다. 특히 점심때가 조금 지난 시간에 가면 손님이 거의 없어 내가 가장 좋아하는 자리에 앉을 수 있는데, 미닫이문과 가까운 그 자리는 탁자 위로 사선으로 들어오는 따뜻한 햇살 때문에 '어라, 혹시 내가 어릴 때 이곳에 와본 적이 있나?' 싶을 정도로 익숙하고 편안한 느낌을 준다. 음식의 맛이라는 건 음식 자체뿐만 아니라 음식을 먹는 순간의 기분과 정취가 함께 어우러지는 것이라 이런 곳에서 먹는 한 끼는 언제나 만족스러울 수밖에 없다.

또한 이곳의 카레는 하루 전날 한 솥 크게 끓여두고 손님이 오면 그때마다 한 국자씩 퍼서 데워주는데, 이 방식도 내가 이 가게를 사랑하는 이유이다. 카레라이스 자체도 물론 말이 필요 없을 정도로 훌륭하지만 굳이 조금 설명을 해보자면, 일단 강황을 넣어 노란색이 도는 고슬고슬한 밥과 그 위를 절반쯤 덮은 윤기 도는 짙은 갈색 카레의 조화로운 색감이 보는 순간 즉시 혀를 자극해온다(노란색과 갈색의 조합은 언제나 예쁘다. 기린, 사자, 푸린……). 후추 향이 코끝을 톡 쏘고, 이어서 달콤한 향과 구수한 향이 절묘하게 섞여들어 후각 세포에 총공격을 가한다. 카레 속에 들어간 재료는 모두 정성스레 잘게 다져져 있다. 큼직큼직하게 큐브 모양으로 썬 감자와 고기, 야채가 들어간 카레를 좋아하는 사람도 있겠지만 나는 그것이 밥을 무시하고 '카레'를 주인공으로 내세우는 큰 실수를 범하는 것이라 생각한다. 나로서는 도무지 카레와 라이스를 따로 분리해 상상하는 일이 불가능하다. 아무 말 없이도 호흡이 척척 맞는 명콤비처럼 입 안에 매콤한 향을 남기고 목구멍으로 스르륵 넘어가는 밥과 카레야말로 '아, 이게 카레+라이스다' 하는 느낌을 준다. 목구멍을 향해 뛰어드는 카레와 라이스는 행복하게 웃으며 낭떠러지로 차를 모는 델마와 루이스, 죽기 전 마지막으로 바다를 보기 위해 달려가던 마틴과 루디이다.

언젠가 한번은 점심시간이 지나고 조금 늦은 오후에 이곳을 찾았다. 가게 안에 들어서자 'ㄷ'자 모양으로 놓인 탁자의 귀퉁이 자리에서 카레라이스를 천천히 음미하는 멋스러운 노신사의 뒷모습이 보였다. 온화해 보이는 어르신의 등과 단아한 어깨선이 가게 분위기와 신기할 정도로 잘 어울려서 그분이 카레라이스를 드시는 뒷모습을 나도 모르게 가만히 바라보았다. 식사를 거의 끝내신 노신사는 내가 음식을 주문하고 기다리는 사이 마지막 남은 밥과 카레를 정성스레 비비고 한 숟갈에 곱게 담아 입에 넣으셨다. '자, 이제 저분의 입 속에서도 델마와 루이스가 두 손을 꼭 잡고 가장 행복한 웃음을 지으며 마지막을 향해 달려가겠구나' 생각하니 나까지 침이 고였다. 그때 어르신이 거의 들리지 않을 정도의 작은 목소리로 혼잣말을 하셨다.

"잘 먹었습니다."

그러고는 살짝 고개를 끄덕이셨다. 그것은 분명 행복한 식사에 대한 감사의 표시였다. 델마와 루이스에게 전하는 그분의 인사였는지도 모른다. 잠시 후 그분이 자리에서 일어날 채비를 하자 내가 주문한 카레를 끓이고 있던 주인이 주방에서 서둘러 나오며 어르신께 말을 건넸다.

"아버지, 맛은 괜찮았어요? 벌써 가시게요?"

노신사는 바로 이 카레 가게 주인장의 아버지였던 것이다. 아들이 정성껏 만든 카레라이스를 한입 한입 정성껏 먹는 아버지의 모습은 가게 안을 한층 더 아늑하고 따뜻하게 만들었다. 곧 내가 주문한 카레라이스가 나왔다. 그날의 카레라이스는 그 어느 때보다 맛있었다. 나도 마지막 한 숟갈을 입에 넣으며 "잘 먹었습니다"라고 인사를 했다.

음식의 맛과 정취를 분리시키는 것은 애초에 어리석은 일인지 모른다. "사계절의 아름다움을 안주 삼아 마시는 술이 어떻게 쓸 수 있나. 만약 그것이 쓰다면 마음에 병이 든 것"이라는 말도 있지 않은가. 원래부터도 이 가게를 좋아했지만 애정을 가지고 허투루 음식을 대하지 않는 아버지와 아들의 멋진 모습을 보니 앞으로 이곳이 더욱 좋아질 것 같다는 예감이 들었다.

열일곱 살의
얼굴

내가 열일곱 살이 되던 해 겨울의 일이다. 고등학교 입학을 앞두고 오랜만에 시골 할머니 댁으로 내려갔더랬다. 할머니가 멀리서 온 손자를 위해 아궁이에 불을 놓고 부엌에서 라면을 끓이는 동안 나는 퀴퀴한 방 아랫목에 누워 사방의 낡은 황토 벽에 가 있는 실금들을 멍하니 보고 있었다.

방 안은 매년 조금씩 뻗어나가는 실금을 제외하면 새로운 것이라곤 아무것도 없었다. 한쪽 벽에는 보름달이 뜬 밤하늘을 나는 학 몇 마리와 구불구불한 노송 몇 그루가 서 있는 언덕이 그려진 싸구려 동양화가 걸려 있었다. 아마도 내가 태어나기 전부터 같은 자리에 걸려 있었을 그 그림은 예전 모습 그대로 불로장생 중이었다. 하지만 자세히 보니 학과 소나무는 태어날 때부터 노인의 모습으로 태어난 존재 같았다. 내가 처음 본 순간부터 노인의 모습이었던 할머니처럼.

그 외에도 할머니 집에 있는 물건은 무엇 하나 늙지 않은 것이 없었다. V자로 쫙 벌린 안테나를 이리저리 움직여야 겨우 사람의 형태를 알아볼 수 있는 고물 텔레비전, 왜소한 빨간색 비키니장, 앙상하고 시커먼 철제 다리와 페달만 남은 재봉틀, 눅눅한 꽃무늬 이불 등등. 아버지는 매년 명절마다 할머니에게 도시로 모시겠다고 했지만 할머니는 그럴 마음이 없으셨다. 몇십 년 전부터 완전히 시간이 멈춰버린 그 방은 할머니에게 어떤 곳이었을까. 할머니는 매일 밤 홀로 그 방에 누워 무슨 생각을 하셨을까.

다른 쪽 벽에는 액자가 하나 걸려 있었다. 액자 안에는 오래된 사진들이 콜라주 형태로 붙어 있었다. 30대 중반이 될 때까지 자리를 잡지 못하고 할머니 속을 썩이던 막내 삼촌이 앳된 얼굴에 교련복 차림으로 짝다리를 짚고 선 사진, 최전방에서 군 생활을 했던 둘째 삼촌이 눈이 잔뜩 쌓인 부대 앞에서 찍은 사진, 우리 아버지와 어머니의 결혼식 사진, 돌아가신 할아버지의 증명사진, 어린 고모들이 햇살에 인상을 찌푸린 채 마루에 앉아 있는 사진. 사진들은 서로 귀퉁이가 겹쳐진 채 모여 있었다. 머릿속 기억들도 이렇게 겹쳐진 채 저장되기에 떠올릴 때마다 애잔한 기분이 드는 걸까 하는 생각이 들었다. 그러다 액자 아래쪽 중앙에 있는 작은 증명사진이 눈에 들어왔다. 고등학교에 막 입학했을 무렵 아버지의 모습이었다.

나는 사진을 더 자세히 보고 싶어 자리에서 일어나 액자 앞으로 다가갔다. 30년 전에 인화한 흑백사진인데도 흰 테두리 부분만 누렇게 바랬을 뿐 나머지 부분은 또렷했다. 진 씨들이 모여 사는 작은 시골 마을 출신인 아버지는 마을에서 가장 총명했으며 온 마을 사람들의 기대 속에 유일하게 도시 명문 고등학교에 입학한 아이였다고 했다. 동네 어르신들은 나를 만날 때마다 그 이야기를 했다.

사진은 그때 입학한 고등학교의 교복을 입고 찍은 사진이었다. 단정한 검은 교복 차림으로 바르게 앉아 정면을 응시한 열일곱 살의 아버지는 열일곱 살의 나에게 특별한 감상을 불러일으켰다. 사진 속 어린 아버지의 이목구비가 놀라울 정도로 나와 닮아 있었기 때문이다. 나보다 더 나 같은 존재를 발견한 기분, 나의 '원본'을 마주한 기분이었다.

열일곱 살의 아버지에게서는 빛이 났다. 그 빛은 철없이 펄떡이는 젊음에서 나오는 그런 유의 것이 아니었다. 그늘을 모르는 어린아이의 얼굴에 서리는 투명한 빛과도 달랐다. 그 빛은 두려움에 담대하게 맞서기로 작정한 사람의 얼굴에서 나오는 빛, 자신에 대해 흔들리지 않는 신념을 지닌 사람의 얼굴에서 나오는 강한 빛이었다. 딱히 하고 싶은 일도, 꿈도 없었던 열일곱의 나는 사진 속 아버지의 얼굴에 가득한 빛을 바라보며 질투와 부러움, 그리고 버거움을 느꼈다.

열일곱 살의 아버지는 어떤 사람이 되고 싶었을까? 어떤 꿈이 있었을까?

머릿속에 자연스레 지금의 아버지의 얼굴이 떠올랐다. 커다란 희망도 커다란 실망도 없는 얼굴. 날카롭고 선명한 감정들이 세월에 풍화되어 둥글둥글해진 얼굴이었다. 강렬한 빛이 완전히 사그라진 후 남은 따뜻하고 부드러운 재와 닮은 모습이었다. 분명히 나에게는 최고의 아버지였지만 그래도 왠지 서글픈 기분이 들었다. 열일곱 살의 아버지가 교복을 입고 허리를 곧게 세우고 자신감 넘치는 모습으로 카메라를 응시하며 떠올렸을 꿈이 무엇이었는지는 몰라도 '누군가의 아버지가 되는 것'보다는 큰 것이 아니었을까. 열일곱 살의 아버지에게 있던 꿈과 희망, 그리고 강렬한 빛은 모두 어디로 간 걸까? 어디에 둔 것일까?

지금의 아버지는 아들이 반에서 1등을 하면 자기 일처럼 자랑스러워하고, 한 달에 한 번 동네 돼지갈비집에서 외식을 할 때면 우리 가족은 넷이서 고기를 20인분이나 먹는다며 가족을 마음껏 먹일 수 있는 자신의 '작은 성공'을 행복해하는 남자였다. 사춘기인 딸이 토라져서 방에서 나오지 않으면 속상해하며 집 밖에 나가 담배를 태우고, 아내가 작은 수술을 했을 때는 병원 복도의 불편한 의자에 몸을 구기고 앉아 수술이 끝날 때까지 걱정하던 남자였다. 아버지의 모든 성공과 실패, 기쁨과 슬픔은 가족들의 성공과 실패, 기쁨과 슬픔과 매한가지였다. 그리고 그 모습이 바로 나의 30년 뒤 모습일 거라는 생각이 강하게 스쳤다. 그 순간 나는 어른이 된다는 것의 의미를 어렴풋이 깨달았던 것 같다.

부엌에서 라면 끓는 냄새가 났다. 짜릿한 라면 수프 냄새에 달콤한 파 냄새와 비릿한 계란 냄새가 섞여 있었다. 잠시 후 할머니가 마루로 올라오는 소리가 들렸다. 내가 일어나서 문을 열자 할머니는 나뭇가지 같은 가는 팔로 꽃이 그려진 작은 상을 들고 방으로 들어오셨다. 상을 받으려 하자 할머니는 "남자가 상 들고 그러면 큰일 못 한다"라고 하시며 그대로 나를 지나쳐 방 안으로 들어가셨다. 할머니의 앙상한 몸에 차가운 바깥 기운이 묻어 있었다.

　할머니는 상을 아랫목에 내려놓고는 자신은 멀리 방문 앞에 한쪽 다리를 세우고 앉으셨다. 마치 벽에 걸린 동양화 속 노송 같았다. 상 위에는 거칠게 김을 내뿜는 라면 냄비와 푹 익은 김치가 담긴 작은 종지, 구운 김이 올라와 있었다. 할머니의 궁한 시골집에는 사춘기를 지나는 중인 손자가 좋아할 만한 반찬이 없었다. 마당의 작은 텃밭에서 직접 키운 대파를 썰어 넣고 계란을 두 개 풀어 끓이는 안성탕면은 할머니가 철없는 손자를 위해 차릴 수 있는 가장 특별한 식사였다. 내가 왼손에 찌그러진 냄비 뚜껑을 들고 그 위에 김이 펄펄 나는 라면을 한 젓가락 덜어 입으로 후후 불자 뿌연 김 사이로 흐뭇하게 웃고 있는 할머니의 얼굴이 보였다. 나는 뜨거운 라면을 한 젓가락 가득 집어 입에 넣고는 웃으며 할머니를 바라보았다. 행복하게 나

를 지켜보는 할머니를 마주 보며 문득 누군가의 '훌륭한 아
버지'가 되는 것도, 그리고 누군가의 '훌륭한 아들'이 되는 것도
그리 작은 꿈은 아니겠다는 생각이 들었다.

　할머니는 라면을 맛있게 먹는 열일곱 살 나의 얼굴에서 열일
곱의 아버지의 얼굴을 보고 있었다.

내 인생
마지막
데스 스타

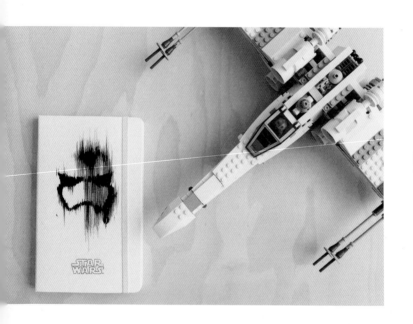

지금도 내가 오타쿠라고 불릴 정도는 아니었다고 생각한다. 하지만 2015년 초 한 공중파 TV 프로그램에서 '스타워즈 레고 마니아' 편의 출연 섭외를 받았다는 사실을 떠올려보면 적어도 2014년 한 해 동안은 스타워즈와 레고에 단단히 빠져 있었다는 사실을 역시 인정할 수밖에 없다.

당시 작업실로 쓰던 방의 벽에는 문워크를 하는 마이클 잭슨과 달에 첫발을 내디디는 버즈 올드린의 포스터와 함께 '스타워즈 레고 미니 피규어 컬렉션' 포스터가 붙어 있었다. 나는 작업을 하거나 공연을 하는 날, 여자 친구와 데이트하는 날을 제외한 나머지 시간은 대부분 그 방에서 형형색색 플라스틱 블록들과 마주하며 보냈다. 이왕 말을 꺼냈으니 좀 더 솔직히 털어놓자면, 약 1년 만에 웬만해서는 구하기 힘든 빈티지 제품이나 지나치게 고가의 제품을 제외한 거의 대부분의 블록들을 사들였다.

단순히 요즘 유행처럼 번지는 키덜트 문화를 즐겼던 건 아니다. 물론 어린 시절 갖고 놀던 장난감이나 좋아하던 과학영화와 관련된 상품을 보면서 추억을 떠올리는 일은 꽤 즐겁다. 하지만 엄밀히 말하자면 나는 좋아하는 무언가를 '소유하는 것'보다는 '만들고 있는 순간' 자체를 좋아했다.

최근 들어서는 레고 말고도 블록 모양 장난감들이 상당히 많이 출시되고 그런 것들도 나름대로 꽤 인기를 끌고 있다. 하지만 나는 레고, 그중에서도 스타워즈 레고에만 관심이 갔다. 레고에서는 다른 블록 장난감에서 도저히 찾아볼 수 없는 그만의 특별함이 느껴졌기 때문이다.

여타의 블록 장난감이 단지 자그마한 블록을 반복적으로 쌓아 커다란 무언가를 만드는 성취감이 전부라면, 레고의 경우에는 블록을 연결하는 기발하고 창의적인 방식들을 접하며 느끼는 즐거움이 더욱 컸다. 골고루 힘을 받을 수 있도록 블록을 배열해 좀 더 튼튼하게 만드는 방식이라든지 최종 결과물의 모양을 갖춰가는 순서도 상당히 논리적이어서 '진짜 우주선도 이런 방식으로 제작되는 것이려나' 하는 생각이 들 정도였다. 이는 MG급 이상의 건프라를 만들면서 느꼈던 재미와 크게 다르지 않았다(왠지 조금 부끄럽지만 2014년이 나에게 '스타워즈 레고의 해'였다면 2013년은 '건담 프라모델의 해'였다).

음악을 만드는 일이 직업이다보니 밥을 먹거나 양치질을 하는 도중에도, 심지어 자려고 누워 있어도 본의 아니게 이런저런 멜로디가 떠올라 머릿속이 소란스러울 때가 많다. 그렇지만 매뉴얼을 꼼꼼히 봐가며 블록을 차근히 조립하는 시간만큼은 잠시나마 음악을 완벽하게 잊을 수 있었다. 그런 점에서 레고는 나에게 꽤 유용한 스트레스 해소법이기도 했다.

하지만 2015년 1월, 나는 일상의 꽤 큰 부분을 차지하며 기쁨을 주던 레고를 더 이상은 사지 않기로 했다. 아이로니컬하게도 정말 갖고 싶었던 '데스 스타'를 여자 친구에게 생일 선물로 받은 것이 계기였다.

데스 스타는 '스타워즈 트릴로지'에 등장하는 제국군의 가공할 만한 무기를 레고로 재현한 제품이다. 만드는 데 필요한 블록 수가 어마어마한 데다가 레고에서 출시된 모든 스타워즈 관련 상품들 중 가장 많은 장면과 스토리를 담고 있어서 스타워즈 레고의 '정수'라 할 수 있다. 하지만 그만큼 크기도 거대한데다 가격도 만만치 않아서 막상 구입하기에는 망설여지는 것이 사실이다. 그래서 스타워즈 레고를 수집하는 많은 사람들에게는 '진정한 스타워즈 마니아'로 가는 첫 걸음으로 여겨지기도 한다.

그런 제품을 여자 친구에게 깜짝 선물로 받는다는 것은 물론 굉장한 기쁨이었다. 게다가 그녀는 내가 '플라스틱 장난감'을 사는 데 꽤 많은 돈을 지불한다는 사실을 알고 "남자 친구의 취미 생활이니까 '인정'하는 거지, '이해'하는 건 아니야"라고 말하곤 했다. 그랬기에 몰래 시간을 들여 스타워즈와 레고에 대해 알아보고 내가 가장 갖고 싶어 하는 것을 정확히 파악했다는 사실에, 기쁨과 감동은 몇 배로 커졌다. 일상의 즐거움을 사랑하는 사람과 공유한다는 건 서로에게 한층 더 가까워지는 일이기도 하니까.

　하지만 그 후 두 달 동안은 새 앨범 준비에 콘서트 준비까지 겹치는 바람에 매일매일 녹음실과 연주실에서 시간을 보내느라 정신없이 바빠 도무지 데스 스타를 조립할 시간이 나질 않았다. 집에 들어오고 나갈 때마다 얼른 틈이 나기만을 기다리며 방 한쪽 구석에 모셔둔 커다란 박스를 애타게 바라볼 수밖에 없었다.

　그러던 어느 날 여자 친구와 통화를 하는데, 그녀가 뉴욕을 잠시 다녀올 예정이라는 말을 꺼냈다.

　"뉴욕? 갑자기 무슨 일인데?"

　"아, 아모리 쇼라는 아트 페어가 뉴욕에서 열리는데, 최신 미술 경향을 한눈에 볼 수 있거든. 4박 5일 정도 다녀오려고."

　"그럼 당연히 다녀와야지. 근데 비행기표는 끊었어? 요즘 뉴욕행 비행기 표는 얼마나 하려나?"

　"요즘 환율이 내려서 그런지 비행기표도 꽤 저렴하더라고. 60만 원 정도였나, 잘됐지?"

　통화를 하고 며칠이 지나지 않아 그녀는 뉴욕행 비행기에 올랐다. 그리고 신기하게도 그녀를 공항까지 데려다준 바로 그날, 돌아오는 길에 녹음 스케줄 하나가 취소되었다는 연락을 받았다. 두 달 만에 드디어 데스 스타를 조립할 수 있는 금쪽같은 여유가 생긴 것이다. 마침 여자 친구도 서울에 없겠다, 갑자기 생긴 이 소중한 휴가를 온전히 데스 스타와 보낼 수 있다는 생각에 나는 들뜬 마음으로 곧장 집으로 향했다. 재빨리 현관문 비밀번호를 누르고 집 안으로 들어서자마자 박력 있게 데스 스타 박스를 안고 스타워즈 레고 미니 피규어 컬렉션 포스터가 붙어 있는 방 안으로 들어갔다. 가슴이 두근거렸다. 저 멀리서부터 서서히 존 윌리엄스의 웅장한 스타워즈 오리지널 사운드 트랙이 들려오는 것 같았다.

그러고는 열 시간이 넘도록 화장실 가는 것도 잊은 채 열심히 데스 스타를 만들었다. 거대한 윤곽이 살짝 드러나기 시작할 즈음 시계를 보니 어느새 새벽 두 시가 되어 있었다. 잠시 쉬려고 벽에 등을 기대며 '지금쯤이면 JFK 공항에 내렸을 텐데'라고 생각한 순간 우연히 거대한 박스 한 귀퉁이에 작게 붙은 가격표가 눈에 들어왔다. 흐릿하긴 했지만 분명 68만 원이라고 적혀 있었다. '그러니까 이게 68만원이란 말이지…… 음…… 68만원이라……' 갑자기 가격이 마음에 걸렸다. 물론 받기 전부터 가격은 대충 알고 있었고, 받을 당시에도 비싼 선물을 받은 것 같아 기쁨만큼이나 부담감과 미안함도 있었다. 그러나 마음이 불편했던 더 큰 이유는 68만 원이면 딱 뉴욕행 비행기표를 살 수 있는 돈이기 때문이었다.

'작은 방에서 가짜 우주선을 만들며 보내는 하루보다는 진짜 비행기를 타고 뉴욕으로 날아가 그녀와 함께 보내는 하루가 훨씬 더 아름다웠을 텐데……'

　이런 생각을 하자 그제야 내 주변으로 어지럽게 널린 천 개가 넘는 블록이 눈에 들어왔다. 지난 1년 간 내가 만든 무수한 '가짜 우주선'들도 떠올랐다.

　나는 결국 별수 없이 남은 블록을 모두 조립해 몇 시간 후에는 거대한 데스 스타를 완성했다. 하지만 내가 만든 데스 스타는 다른 의미의 '죽음의 별'이었다. 진짜 별이 아닌 죽어 있는 별, 빛이 나지 않는 별 말이다. 조금 씁쓸하긴 했지만 그래도 내 인생의 마지막 레고로는 꽤 어울리는 이름이라는 생각이 들었다.

　나는 다음 날 일어나자마자 뉴욕에서 밤을 보내고 있을 여자친구에게 전화를 걸었다.

　"자?"

　"아니, 아직. 낯선 곳에 혼자 있으니까 영 잠이 안 와."

　"그럼 내년 아모리 쇼는 나랑 함께 가자. 그때 비행기표는 네 것까지 두 장 다 내가 살게."

　그러자 그녀는 웃으면서 받아쳤다.

　"왜, 지금이라도 데스 스타 타고 오지그래?"

잃어버린
시간을
찾아서

뮤지션이자 가까운 친구인 A는 최근 몇 달 동안 계속해서 아프거나 무기력했다. 특별히 무리한 기억이 없는데 이상하게 허리가 아프다며 한동안 치료를 받다가, 좋아질 즈음에는 갑자기 잘못 먹은 것도 없는데 장염에 걸렸고, 장염이 낫는 듯하더니 이번에는 또 여름 감기에 걸려 며칠째 고생 중이었다.

나는 A에게 나이를 먹어 그런 거라고 가볍게 핀잔을 주거나 엄살이 아니냐며 우스갯소리를 했다. 그리고 한약이라도 지어 먹으라고 충고를 하기도 했다. 하지만 사실 어지간해서 몸이 아픈 일이 없는 나로서는 달리 도움을 줄 방법이 없었다. 그러다 문득, 어쩌면 아주 작으나마 도움이 될지도 모를 기억 한 조각이 떠올랐다. 마지막으로 심한 감기를 앓았던 초등학교 3학년 때의 일이었다(이렇게까지 아픈 적이 없다는 것이 스스로도 믿기 어렵지만 기억하는 한에서는 진실이다. 이때 말고는 감기가 연상되는 기억이 아예 없다).

초등학교 3학년 여름방학, 나는 때아닌 감기를 심하게 앓았다. 열이 불같이 오르고 양쪽 코가 모두 막혀 숨을 제대로 쉴 수가 없었다. 한여름이었지만 솜이불로 몸을 꽁꽁 싸매고 식은 땀을 뻘뻘 흘리며 사흘 동안 침대 밖으로 나오지 못했다. 그러다 거실에서 어머니에게 잠시 어디 좀 다녀오겠다고 하시는 아버지의 목소리를 들었다. 간신히 몸을 일으킨 나는 아버지에게 나도 데려가 달라고 졸랐다. 이유는 알 수 없었지만 왠지 바깥 바람을 쐬면 감기가 나을 것 같았기 때문이다. 어머니는 이렇게 아픈데 어딜 나가냐며 말렸지만 아버지는 내가 안쓰러워 보였는지 잠깐 바람을 쐬는 건 괜찮을 거라고 허락해주셨다. 나는 비실거리며 차에 올라탔다.

아버지가 몰던 구형 스텔라 승용차의 모직 시트에서 느껴지던 부드러운 감촉, 단정하게 차려입은 아버지에게서 풍기던 샤워코롱 냄새, 라디오에서 흐르던 옛날 가요, 달리는 차창 밖으로 머리를 살짝 내밀면 느껴지던 선선한 바람과 바람에 날리는 머리카락이 이마와 눈가를 기분 좋게 때리던 촉감, 손등 위로 빠르게 지나가던 가로수 그림자. 이 모든 것들이 좋았다. 바람을 코와 입으로 가득 들이마실 때마다 서서히 몸속 아픔이 사라지고 새로운 기운이 차오르는 듯했다. 신기하게도 나는 그날 오후부터 빠르게 기운을 회복했고 이틀 뒤에는 완전히 나았다. 감기를 낫게 만든 것은 병원도 침대도 아닌, 기분 좋은 '드라이브'였다.

나는 어쩌면 허약해진 A의 몸이 좋아지는 방법은 병원을 가거나 보약을 먹는 게 아닐 수도 있다는 생각이 들었다. '아버지와의 드라이브'가 어린 시절 내 감기를 낫게 했듯이 A를 감기와 장염, 허리통증으로부터 해방시켜줄 것은 다른 '스페셜한'

무엇일 듯했다.

그러고 보니 얼마 전 A가 날씨 좋은 오후에 커피를 마시다 말고 생뚱맞게 꺼낸 말이 떠올랐다.

"내가 점점 평범해지는 것 같아."

방 청소를 하다가 우연히 10년 전 사진을 한 장 발견했는데, 사진 속 자신을 보니 대뜸 그런 생각이 들었다고 했다. 그때는 대수롭지 않게 흘려들었지만 돌이켜보니 뮤지션에게는 특별했던 자신이 조금씩 평범해져간다는 기분이야말로 가장 치명적인 바이러스일 수 있겠다는 생각이 들었다(내가 나이 들도록 그런 기분에 젖지 않았던 이유는 애당초 스스로를 지극히 평범한 사람이라고 생각하기 때문이었다).

일단 겉모습만 보자면 현재의 A가 10여 년 전, 그러니까 내가 A를 처음 만났을 때에 비해 평범해진 것은 틀림없었다. 10년 전 20대 후반의 나이였던 A는 머리를 허리까지 길게 기르고 언제나 해골이 그려진 티셔츠를 입거나 해골 모양 크롬 팔찌를 하고 다녔으니까. 또한 머리끝부터 발끝까지, 185센티미터의 거대한 신체 내부에 있는 모든 기관들이 인더스트리얼록과 트립합 같은 강렬한 음악으로 꽉 찬 상태였다. 게다가 해외 여기저기에서 10년 이상을 지내고 막 귀국한 터라 겉모습뿐 아니라 행동이나 사고방식도 여러모로 다른 이들의 시선을 받는 타입이었다. 생각해보면 그런 독특한 점이 마음에 들어 나도 A와 친해지게 된 것 같다. 그는 일부러 웃기려 애쓰지 않아도 자신만이 가진 독특함으로 이미 재미있는 사람이었다(많은 매력들 중에 이보다 더 큰 매력이 어디 있을까?).

그렇다고 지금의 A가 매력 없는 사람인 것은 아니다. 예전보다 평범해졌다고는 해도 현재 모습 또한 나름의 매력이 있다. 머리카락 길이는 10년에 걸쳐 조금씩 짧아져 이제는 평범한 남자들의 영역에 들어오긴 했지만 짧은 머리도 그에게 잘 어울린다. 또 톡톡 튀던 많은 부분들도 대부분 예전보다 둥그스름해지긴 했지만 살짝 나온 아랫배만 제외하면 나머지 것들─성격, 말투, 인간관계, 음악적 취향 등─은 둥그스름한 그 나름대로 시간과 경험의 미덕이 쌓여 근사해진 느낌이다.

하지만 한 가지 분명한 것은 허리까지 내려오던 A의 긴 머리카락이 점점 짧아짐에 따라 A의 건강도 매년 조금씩 안 좋아졌다는 사실이다. 머리카락을 잘리고 힘을 잃은 삼손처럼 말이다. 변화라는 건 어쩌면 아무리 긍정적인 방향으로 이루어진다 해도, 분명 얻고 싶은 무언가를 얻는 대신 잃고 싶지 않았던 무언가를 잃어버려야만 하는 것인지 모른다.

나는 조만간 A를 다시 만나면 해골이 그려진 티셔츠를 선물하고 머리를 조금씩 길러보는 게 어떠냐고 조심스레 물어볼 생각이다. 그가 지난 10년 동안 잃어버린 것들 중에 되찾으려면 찾을 수 있는 것이기도 하거니와, 1호 형에게는 역시 짧은 머리보다는 긴 머리가 더 잘 어울리는 것 같기 때문이다.

손톱이
다시
자랄 때쯤

오전 열 시, 날이 밝은 지 겨우 서너 시간 지났을 뿐인데 기온은 이미 30도를 훌쩍 넘은 듯했다. 밤새 내린 폭우는 잠시 그친 상태였지만 머리 위는 여전히 시커먼 비구름으로 가득 차 있었고, 조만간 다시 소나기가 쏟아질 기세였다. 한 번씩 후덥지근한 바람이 불 때마다 겨드랑이에서 팔꿈치로 땀이 한 방울씩 흘러내렸다. 차라리 비가 쏟아졌으면 하고 생각했다.

오전이라 그런지 신용보증기금 건물의 넓찍한 주차장은 텅 비어 있었다. 아버지와 내가 타고 온 아버지의 차, 오래되어 여기저기 상처가 난 검정색 세단이 오늘따라 더 낡고 외로워 보였다. 주차장에 들어온 지 10분이 넘도록 아버지는 건물 안으로 들어가지 않고 멀리 떨어진 곳에서 담배를 두 개비 연달아 태우고 있었다. 분명 몇 달 전 위천공 수술을 받은 후에 몸을 생각해서 끊었다고 했는데 언제부터 다시 피우고 있었을까. 하지만 위천공의 원인은 스트레스였고, 아버지는 오직 담배를 태우는 동안에만 잠시나마 스트레스에서 해방된 듯 보였기 때문에 나는 그 모습을 가만히 바라보기만 했다.

아스팔트로 포장된 주차장 바닥 여기저기에 빗물이 고여 있었다. 나는 아무런 죄도 없는 물웅덩이를 괜히 신발 끝으로 툭툭 건드려 작은 파문을 만들면서 아버지의 손에서 조금씩 짧아져가는 담배를 곁눈질했다.

직원들은 대부분 오전 전체 회의에 들어가고 몇몇 말단 직원만 남아 자신의 칸막이 책상 안에 몸을 웅크리고 있었다. 족히 100평은 되어 보이는 신용보증기금 채무팀

사무실에는 마치 아버지와 나 두 사람만 존재하는 듯했다. 우리는 길고 널찍한 손님 접대용 테이블 앞에 나란히 앉아 담당 직원이 회의를 마치고 나오길 기다렸다. 사무실은 파티션과 칸막이 책상으로 잘게 쪼개져 그 안에 앉은 사람들을 나와 아버지로부터 완벽히 분리시키고 있었다. 옆에 앉은 아버지 역시 눈과 입을 굳게 닫은 채 당신 안에서 들리는 목소리만 듣고 있는 듯 보였기 때문에 나는 문득 외로워졌다.

직장 생활을 해본 적이 없는 나는 언제나 사무실이라는 공간이 낯설었다. 아무런 취향도 없이 단지 기능적인 이유로 실려 오고 놓인 사무용 가구와 집기는 필요에 따라 언제든 사라지거나 옮겨 갈 수 있다는 점에서 사무실 그 자체와 별반 다르지 않았다. 책상마다 놓인 작은 캐릭터 인형이나 자녀들의 사진, 비실거리는 다육식물 화분…… 넓은 사무실 안에서 각자 자신의 영역만이라도 어떻게든 사람 냄새 나게 꾸며보고자 하는 노력들은 내 삶 속에는 없는 것이었다. 하지만 나는 내 아버지가 진 빚 때문에 이곳에 있어야만 했다.

딱, 딱…… 딱, 딱……

어디선가 손톱 자르는 소리가 들렸다. 그 소리가 사무실 전체를 메웠다. 특별할 것 하나 없는 평범한 일상의 소리, 아무런 의미도 담지 않은 소리가 이 큰 공간을 채울 수 있다는 것이 의아하게 느껴졌다. 감당할 수 없는 큰 빚을 진 사람들로부터 얇은 칸막이 하나로 완벽하게 분리된 자신만의 안락한 세계에서 세심하게 손톱을 자르는 누군가가 얄미웠다. 나는 반사적으로 열 손가락을 펴고 왼손 새끼손톱부터 오른쪽 새끼손톱까지 열 개의 손톱을 차례로 살펴보았다. 손톱을 마지막으로 자른 게 언제였을까. 손톱은 어느새 길어져 때가 끼어 있었다. 아버지는? 내 눈은 아버지의 손을 향했다. 아버지의 손톱은 보이지 않았다. 아버지의 두 손은 난파선의 선원들처럼 서로를 꽉 움켜쥔 채 덜덜 떨고 있었다.

이윽고 아침 회의가 끝나고 직원들이 하나둘씩 회의실에서 걸어 나왔다. 아버지의 담당 직원은 녹차 티백을 넣은 종이컵 두 개를 들고 와 아버지 앞에 앉았다. 그러는 중에도 손톱을 자르는 소리는 계속되었다. 직원은 아버지가 진 빚의 총액과 분할 상환을 할 경우 한 달마다 갚아야 할 금액을 차분하게 설명했다. 그러나 내 귀에는 멀리서 손톱을 자르는 소리가 훨씬 더 크게 들렸다. 나는 속으로 숫자를 셌다. '30, 31, 32, 33……'

48에서 소리가 멈췄다.

'손톱 열 개를 모두 깎는 데 총 48번, 손톱 하나당 평균 4.8……'

손톱깎이가 움직일 때마다 손톱이 잘려나간다. 머릿속으로 손톱 하나를 깎는 데 손톱깎이를 몇 번 움직이는지 평균을 냈다. 나와 아버지, 우리 가족은 언제쯤 다시 일상으로 돌아갈 수 있을까.

신용보증기금 건물을 나와 주차장까지 걸어가는 내내 아버지는 고개를 숙인 채 아무 말이 없었다. 한숨조차 내쉬지 않았다. 그마저 아들에게 미안했기 때문이리라. 아버지가 차 앞에 서서 주머니 속의 차 키를 꺼내는 순간 아버지의 손톱이 보였다. 내 손톱보다 더 길었고, 열 개 모두 시커멓게 기름때가 끼어 있었다.

길고 때가 낀 손톱은 이 사람이 힘들어했던 시간들이었다. 나는 집으로 돌아가자마자 손톱을 잘라야겠다고, 그리고 아버지에게도 손톱깎이를 건네야겠다고 생각했다. 왠지 우리의 손톱이 하나하나 잘려나가는 소리를 들으면 다시 일상으로 서서히 돌아갈 수 있을 것만 같았다.

세 번째

음악의
목소리

부러워하지
말아요

　여러 사람이 모인 저녁식사 자리에서
누군가가 나에게 "하고 싶은 일을 하면서
사는 게 참 부러워요"라며 인사말을 건넸
다. 별생각 없이 "왜요? 지금이라도 하고
싶은 일 하면서 사시면 되잖아요. 누가 못
하게 하는 것도 아닌데"라고 해맑게 되묻
자 그 자리에 있던 모든 사람들 머리 위로
시커먼 적란운이 솟아오르고 눈에서는 번
개가 번쩍이는 게 보였다. 그렇게 섬뜩한

섬광이 한차례 지나간 후, 잠깐의 시간차를 두고 갑자기 동시다발적으로 여기저기서 "나도 꿈이 있었다"거나 "먹고살려면 하고 싶은 일만 하고 살 수는 없다"거나 "미래가 불안하니 안정적인 일을 택할 수밖에 없다" 같은 이야기들이 길고 긴 장맛비처럼 쏟아졌다. 그 자리가 끝날 무렵에는 나를 비롯한 모든 이들의 얼굴이 소나기를 쫄딱 맞은 사람처럼 무겁게 변해 있었다.

사람들이 뮤지션과 인사를 나눌 때 던지는 "하고 싶은 일을 하면서 사는 게 참 부러워요"라는 멘트는 언제부턴가 일종의 클리셰가 된 듯하다. 뮤지션을 만나면 누구나 이 말을 한다. 아마 당신도 분명히 이렇게 말한 적이 있을 것이다. 처음에는 나도 그저 의미 없는 인사치레라 여기고 대수롭지 않게 넘기려 했지만 사람들을 만날 때마다 매번 이런 대화가 오갈 거라고 생각하니 정말 끔찍했다. 앞으로 만나게 될 모든 사람들이 나를 싫어하게 될 것 같았다. 세상 모두에게 사랑받고 싶다고 생각한 적은 없지만 그 반대의 경우 또한 결코 바란 적이 없기에 나는 그들에게 해줄 수 있는 뾰족한 대답을 반드시 찾아야만 했다. 그리고 결국 고민 끝에 내가 생각해낸 대답은 "사람 사는 게 다 비슷하죠, 뭐"였다.

사람들은 자신이 진정으로 하고 싶은 일들을 어쩔 수 없이 포기해가면서 산다고 얘기한다. 그런데 막상 생각해보니 나 역시 그들과 마찬가지로 많은 것들을 포기해가며 살고 있었다. 나는 그래도 뭔가 조금은 다르게 살고 있다고 생각했는데 이걸 깨닫고 보니 오히려 억울하다는 생각마저 들었다.

내가 음악을 위해 안정적인 미래를 포기해야만 했듯이 누군가는 안정적인 미래를 위해 음악을 포기했을 뿐이었다. 누군가는 직장을 위해 여행을 포기하고, 누군가는 여행을 위해 직장을 포기한다. 누군가는 가족을 위해 사랑을 포기하고, 로미오와 줄리엣은 사랑을 위해 가문을 포기했다. 심지어 누군가는 명예를 목숨과 맞바꾸는 선택을 하기도 한다. 우리는 누구나 평생 동안 이런 식으로 자신이 더 소중하다고 생각하는 일들을 선택하고 어쩔 수 없이 나머지 것들을 하나씩 하나씩 힘겹게 포기해가며 산다. 수많은 선택의 토너먼트에서 마지막까지 남겨진 것들은 각자에게 더욱 크고 소중한 의미가 될 수밖에 없다. 나에게 음악이 갖는 의미가 그렇듯이 말이다.

물론 살다보면 자신의 선택을 후회하는 경우를 만나기도 한다. 소중한 많은 것들을 포기해가면서 꼭 하고 싶다고 생각했던 일이었음에도 막상 해보고 나면 '아, 내가 하고 싶었던 건 이게 아닌데……' 하며 실망하게 되는 경우 말이다. 하지만 그마저도 어쩔 수 없다. 그저 그때마다 우리가 할 수 있는 최선의 선택을 다시 해나갈 뿐이다. 나도 그렇다.

　그런 의미에서 "사람 사는 게 다 비슷하죠, 뭐"라는 대답은 꽤 괜찮게 들릴 것 같다는 자신감이 든다. 긴 고민 끝에 찾아낸 대답치고는 조금 밋밋하고 궁색하다는 것쯤 나도 안다. 다른 사람들은 긴 고민 없이도 쉬이 서로에게 이 말을 건네고 있다는 것도 안다. 하지만 어쩔 수 없다. 그렇다고 "아니에요. 당신의 삶도 당신이 선택한 가장 소중한 것들로 채워져 있다는 것을 저도 잘 알아요" 같은 낯간지러운 말을 던지는 것은 낯을 많이 가리는 나 같은 사람에게는 도저히 무리니까 말이다(앗, 이미 말해버리고 말았군요).

커트,
톰 그리고 나

    1991년 비의 도시 시애틀에 살던 청년 커트는 "나는 엄청 못생겼지만 괜찮아. 너도 그러니까(I'm so ugly, but that's OK, cause so are you)"라고 노래했다. 당시 거울을 볼 때마다 뚱뚱한 모습에 심란해하던 나에게 "난 그냥 거울을 깨버렸지"라는 커트의 가사는 충격적이었다. 하지만 커트의 진짜 모습을 사진으로 봤을 때는 적잖은 배신감을 느꼈다. 사진 속의 그는 무심한 듯 헝클어

진 금발에 무진장 인기가 많을 것 같은 전형적인 미남이었다. 게다가 왼손잡이인 그는 오른손잡이용 기타를 반대로 뒤집어 들고 있었는데 그 모습이 너무 멋있어서 남자인 나조차 반할 정도였다. 그러니까 애초에 거울을 깰 필요도 없는 녀석이었던 것이다. 제목마저 무심했던 〈네버 마인드〉 앨범은 팝의 황제인 마이클 잭슨의 〈데인저러스〉를 빌보드차트 1위에서 밀어낼 정도로 엄청난 성공을 거뒀고, 그의 낡고 해진 스웨터와 찢어진 청바지는 세계적으로 유행하는 스타일이 되었다. 하지만 모두의 주목을 한 몸에 받는 대스타가 되었을 때 그는 더 이상 노래를 부르지 않았다. "열정 없이 사느니 죽는 게 낫다(rather be dead than cool)"라는 유언을 남기고 자신의 머리에 방아쇠를 당겨버렸으니까.

1992년 또 다른 비의 도시 런던에서는 더 굉장한 스타가 등장했다. 히스테릭한 엇박으로 '끼긱, 끼긱' 하는 전자기타의 굉음에 맞춰 "나는 비호감이야(I'm a creep)"이라고 창백하게 읊조리는 톰 요크의 노래는 라디오 전파를 타고 이 세상 구석구석 궁상맞고 사내 냄새 나는 작은 방, 눅눅한 침대에까지 흘러 들어갔다. 이 노래는 돌아누울 때마다 '끼긱, 끼긱' 소리를 내는 싸구려 매트리스 위에서 오후 내내 멍하니 누워 라디오를 듣고 있던 세계의 모든 '찌질이'를 비롯해, 도무지 여자들에게 인기

라곤 없는 자신의 상태를 어떻게 정의해야 할지 모르던 수많은 소년들—다시 말해서 나를 포함한 거의 모든 소년들—의 심장에 불을 놓았다.

라디오헤드는 'Creep'이라는 노래 한 곡으로 이 세상 모든 찌질이의 가슴에 뜨거운 불을 가져다준 프로메테우스가 되었다. 그리고 그 대가로 독수리에게 심장을 쪼이는 형벌 대신 이후에 만드는 모든 곡들을 'Creep'과 비교당해야 하는 형벌을 받고 있다. 이후 세계 최고의 록스타가 된 톰 요크는 '끼긱, 끼긱'거리는 침대에서 잠을 잘 일도 없어졌고 '끼긱, 끼긱' 하는 강렬한 기타 소리의 'Creep'도 거의 부르지 않았다.

1997년 좀처럼 비가 오지 않는 도시 대구의 평범한 중학생이었던 나는 여자애들에게 도무지 인기라곤 없는 상태—인기 가뭄 상태—였다. 커트와 톰은 이미 슈퍼스타가 되어버렸지만 (커트는 말 그대로 저 하늘의 별이 되었고) 난 몇 년째 이어폰으로 커트와 톰의 노래를 들으며 어떻게 하면 여자 친구를 사귈 수 있는지를 심각하게 고민하고 있었다. 자신이 인기 없는 남자라는 사실을 고백하는 순간 세상에서 가장 인기 있는 남자가 되어버린 두 사람과 나의 차이점은 뭘까.

그러던 어느 날, 드디어 나에게도 천금 같은 기회가 왔다. 학교에서 소위 '잘나가는 친구들'이 우리 학교 옆 여자 중학교의

'잘나가는 여학생들'과 노래방에 가기로 했는데 말주변이 좋고 노래도 좀 하는 멤버가 필요하다며 나에게 그 자리를 제안한 것이다. 우리 학교 '짱'인 L이 그 여자 중학교의 퀸카와 사귀게 되어 각자의 친구들을 데리고 나오기로 했다고 한다. 물론 내 역할은 영양가는 하나도 없는, 그냥 그 친구들이 노는 동안 분위기만 띄우는 소위 '도우미'였지만 그 당시 나에게는 결코 거절할 수 없는 과분한 제안이었다.

수업 시간 내내 머리가 복잡했다. 오늘 만나게 될 여학생들은 어떻게 생겼을지, 나는 무슨 노래를 부르는 게 좋을지, 혹시나 술이나 담배를 권하면 어떻게 거절해야 할지, 아니면 어떻게 센 척을 하며 그들과 어울릴지 등등 생각해야 할 것들이 너무나 많았다. 학교 수업이 끝나자 우리 학교 최강의 난폭자들이 여기저기서 사자처럼 어슬렁어슬렁 나타났다. 나는 건들거리는 그 모습을 어설프게 흉내 내며 학교 근처 그들이 자주 간다는 '쏭쏭 노래방'으로 함께 갔다. 그곳으로 정한 이유는 '마이크가 좋아서'라고 했다.

설레는 마음으로 도착한 노래방 앞에는 교복을 입은 여학생들이 먼저 와서 우릴 기다리고 있었다(아, 엄밀히 말하면 나를 뺀 나머지 난폭자들을 기다리고 있었던 것이지만). 한껏 꾸미고 나온 '잘나가는 여학생들'에게서도 나와 함께 온 난폭자들에게 결코 뒤지지 않는 아마조네스의 아우라가 느껴졌다. 곧 난폭자들의 두목이자 우리 학교의 짱이었던 L이 모두에게 자신의 여자 친구를 소개했다. 그리고 그 순간 나는 아마조네스의 여왕인 그녀에게 첫눈에 반해버리고 말았다. 마치 난폭한 정복자를 즐겁게 해주기 위해 초대한 광대가 그 옆에 앉은 여왕에게 반해버린 비극적인 상황이었다고나 할까.

톰 요크의 표현을 빌리자면 그녀는 정말 '지독하게 특별'했다. 난폭한 정복자 L이 우락부락한 얼굴과 대비되는 가냘픈 목소리로 음이 전혀 맞지 않는 발라드를 열창하는 동안 그녀는 옆에 앉아 유치한 노래방 영상을 무심하게 바라보다가 L의 노래가 1절이 채 끝나기도 전에 눈 하나 깜짝하지 않고 리모컨을 들어 과감히 노래를 끊었다. L이 뚝 끊긴 노래에 머쓱하게 웃으며 그녀를 쳐다볼 때에도 등을 곧게 세우고 턱을 든 채 도도하게 그의 눈을 응시했다. 우리 학교 최강의 난폭자를 눈빛과 리모컨만으로 굴복시켜버리는 여자라니. 어떻게 반하지 않을 수가 있을까.

안타깝게도 L과 그의 잘나가는 친구들은 하나같이 노래에 소질이 없었고 여왕은 그 노래에 무서울 정도로 냉담했다. 쏭쏭 노래방의 좋은 마이크도 그들을 구제하진 못했다. 노래는 전부 1절이 채 끝나기도 전에 그녀의 '리모컨 단두대'에 처참히 잘려나갔고 그때마다 힘센 난폭자들은 모두 자신들의 우두머리와 비슷한 표정을 지을 수밖에 없었다.

그렇게 돌고 돌아서 내 순서가 왔다. 만약 중세시대의 광대가 여왕에게 이런 마음을 품었다면 그건 목숨이 걸린 일이었으리라. 나는 그녀의 관심을 끌고 싶었다. 왕의 곁에 앉은 얼음 같은 여왕에게 다가가 쪽지를 전하거나 그 두 사람 앞에서 목숨을 걸고 큰 소리로 마음을 고백할 용기까진 없었지만, 그래도 진심이 담긴 노래 한 곡 정도 전하는 일은 가능했다. 그때 깨닫게 된 점 하나. '용기란 낸다고 나는 것이 아니라 꼭 내야 하는 순간에는 자신도 모르게 생기는 것이다.'

그 상황에서 'Creep' 외의 다른 곡을 떠올리기는 불가능했다. 이 노래를 부르는 순간 나도 인기남이 될지 모를 일이었다. 화면에 제목이 나오고 울적한 전주가 흘렀다. '잘나가는 친구들'은 왜 생뚱맞게 팝송이냐며 미간을 찌푸렸지만 난 눈을 질끈 감고 묵묵히 노래를 불렀다.

"넌 정말 지독하게 특별해, 나는 좀 찌질하지만 말야."

그렇게 'Creep'을 부른 후 나는 남은 시간 내내 열심히 탬버린을 흔들며 내 역할에 최선을 다했다. 이상하게 홀가분한 마음이 들었기 때문이다. 어떻게 되더라도 상관이 없을 것 같은 그 기분은 뭐였을까. 내가 노래를 부르는 동안 그녀가 나를 보고 있었는지도, 내 마음을 눈치챘는지도 더는 궁금하지 않았다.

두 시간 남짓한 시간이 지나고 내가 마지막으로 노래방을 나왔을 때는 미리 나와 있던 몇몇이 서로 수줍게 삐삐 번호를 주고받고 있었다. 우두머리 L은 모두에게 손을 들어 인사를 하고 여자 친구의 어깨에 손을 두른 채 제일 먼저 자리를 떠났다. 나머지 친구들은 낄낄거리며 삼삼오오 근처 당구장이나 오락실로 흩어졌다. 나는 모두가 떠난 '쏭쏭 노래방' 앞에 혼자 남았다. 아무런 로맨틱한 사건도 일어나지 않았지만 그래도 뭔가 나의 세상이 이전과는 조금 달라진 듯한 기분이었다. 나는 집으로 돌아가는 길에 다시 이어폰을 귀에 꽂으며 생각했다.

'그래도 조금은 괜찮았던 것 같은데 말이야……'

나는 그날 노래방에서 유일하게 노래를 끝까지 부른 사람이었다. 그녀가 내 마음을 눈치챘는지는 알 수 없었지만 그래도 내 노래를 마지막까지 들어준 것만은 틀림없었다.

어쩌면 '대단한 일'이라는 건 따로 있는 게
아닌지도 모른다.
나 자신이 마음속으로 간절히 이루고 싶은 것을 이루는 일,
그것이야말로 대단한 일이 아닐까.
그래서 스스로를 뿌듯하게 여길 수 있다면
그것만으로 '대단히' 행복해지기 때문이다.

딱히 대단한 일을 하려던 건
아니지만

　어릴 때부터 장래희망을 거창하게 얘기해
야 할 때면 왠지 멋쩍고 낯간지럽게 느껴졌
다. 우주비행사라든지 과학자라든지 다른
아이들이 말하는 것들을 대충 따라서 말하
곤 했지만 그럴 때마다 속으로는 '나처럼 평
범한 사람이 그런 일을 해낼 리가 없잖아'라
며 심드렁해하곤 했다. 그렇다고 내성적인
성향이라거나 딱히 의기소침한 성격이었던
건 아니다. 그저 내 달리기 기록이 반에서 느

린 편에 속한다거나 뭐 그런 것들을 당연하게 받아들이는 정도의 무던한 성격이었다.

요즘은 어떤지 모르겠지만 내가 초등학생이었던 시절에는 교내에서 열리는 이런저런 대회들이 1년 내내 이어졌다. 사생대회, 백일장, 웅변대회, 과학상자 조립대회, 수학경시대회, 글라이더 만들기 대회…… 매년 새로운 대회들이 추가되었고 이미 있던 대회들은 또 계속되었다. 아마도 아이들이 학업 이외에 뭔가 흥미를 느낄 만한 것들로 대회를 만들고 각자 소질에 따라 출전하게 하여 최대한 성취의 기쁨을 알려주자는 취지였을 것이다. 하지만 이상하게도 어떤 대회를 해도 늘 비슷한 아이들이 반 대표로 나왔고 그 몇몇 아이들이 모든 분야에서 겨뤘다.

그리고 나도 그 아이들 중 하나였다. 끝없이 이어지는 대회들에 거의 대부분 참가했다. 하도 많은 대회에 겹치기로 나가다 보니 준비하는 기간은 늘 부족했고, 그건 다른 반을 대표해서 나온 아이들도 마찬가지였다.

나는 몇몇 대회에서 대상을 받거나 최우수상을 받았다(겨우 각 반에 한 명씩, 열두 명의 참가자 중 1등을 한 아이에게 주는 상의 이름이 '대상'인 것은 아무리 생각해도 거창한 감이 있지만). 다른 아이들도 대회마다 대상과 최우수상, 은상, 동상을 나눠 가졌다. 상황이 이렇다보니 상을 받으면서도 내가 다른 아이들보다 어떤 점이 더 나아서 그 상을 받게 됐는지 알지 못했다. 수상자가 발표되는 순간의 긴장감은 언제나 싫었고, 상을 받아도 기쁘기보다는 운이 좋았다는 생각이 먼저 들었다.

부모님에게 나는 꽤나 자랑스러운 아들이었다. 학교 선생님들은 나를 칭찬했고 아버지와 어머니는 그 말을 믿었다. 친구들은 달리기를 제외하면 뭐든 잘하는 나를 부러워했다. 오로지 나 자신만 나에게 심드렁했을 뿐이다. 하지만 점점 나이를 먹을수록 역시 정확한 판단을 한 사람은 오직 나 하나뿐이었다는 사실이 밝혀졌다. 수학경시대회에서 1등을 했어도 난 수학자가 되지 못했고, 과학상자 조립대회에서도 1등을 한 적이 있지만 과학자가 되지 못했다. 아, 음악 관련 대회에는 한 번도 참가한 적이 없지만 나름대로 꽤 알려진 뮤지션이 되었다는 점이야말로 내 의견이 옳았다는 걸 뒷받침하는 증거다.

하긴, 나에 대해 가장 잘 아는 사람이 나라는 사실은 애초에 굳이 증명할 필요도 없었다. 앞에서도 얘기했듯이 난 결코 의기소침하거나 자신감 없는 성향이 아니었다. 스스로에게 꽤 까다롭고 박한 평가 기준을 갖고 있었을 뿐이다. 오히려 스스로를 엄하게 평가할 수 있다는 사실은 정서적인 편안함을 주었다. 나 자신에게 막연히 좋은 결과를 기대하게 되는 일이 없어지면서 실망하는 일도 확연히 줄었기 때문이다. 게다가 대단한 일이 아닌 사소한 일들에만 도전하다보니 성공률도 꽤 올라갔다. 주변에서 여유 있어 보인다는 이야기를 종종 듣는데, 아마 그 이유도 이 무심함과 승부욕 결여에서 비롯되는 것이 아닐까 싶다.

유년 시절의 기억 때문인지 지금도 다른 이들에게 칭찬을 받거나 좋은 평가를 받을 때면 고마운 마음보다 불편한 마음이 앞서서 '고맙습니다'라는 말보다는 '아닙니다. 과찬이에요'라고 말하게 되고, 누군가와 처음 만나는 자리에서도 그 사람이 나에게 호감을 보이면 먼저 내 단점들을 굳이 얘기해버리곤 한다. 나에 대해 필요 이상의 기대를 하지 못하게 하려는 이 심보는 아무리 고치려고 해도 도무지 고쳐지지 않는다.

아무튼 내 평가 기준에 따르면 지금의 나 역시도 뭔가 대단한 일을 해내기엔 여전히 역부족이다. 누군가는 나에게 성공한 뮤지션이라고 하고, 가끔은 롤모델로 삼고 있다거나 하는 이야기를 들을 때도 있다. 하지만 그런 말들은 나를 한없이 부끄럽게 만든다.

아무리 생각해도 그저 운이 좋았을 뿐이기 때문이다. 솔직히 나란 사람은 아침에 운동 삼아 호수공원을 걷거나 비가 오는 날 카페에서 멍하니 창밖을 보다가 좋은 멜로디가 떠오르면 혹시라도 잊어버릴까봐 쉬지 않고 흥얼거리면서 급하게 집까지 뛰어와 더듬더듬 건반을 짚어가며 겨우 노래를 만들어낼 뿐이다. 오는 길에 잠시 딴생각을 하다가 멜로디를 잊어버리는 날도 부지기수고, 심지어 아무것도 떠오르지 않는 날이 가장 많다.

하지만 이런 나도 가끔씩은 '뭔가 조금은 대단한 일을 해냈구나' 싶은 뿌듯함을 느낄 때가 있다. 바로 누군가로부터 우리의 음악으로 마음의 위안을 얻는다는 말을 듣게 될 때다. 그런 말을 들을 때면 스스로를 아무리 박하게 평가하려 해도 나도 모르게 마음이 스르르 풀어지고 만다. 그건 바로, 그 말이 음악을 하면서 언제나 가장 듣고 싶은 말이기 때문이다.

어쩌면 '대단한 일'이라는 건 따로 있는 게 아닌지도 모른다. 나 자신이 마음속으로 간절히 이루고 싶은 것을 이루는 일, 그것이야말로 대단한 일이 아닐까. 그래서 스스로를 뿌듯하게 여길 수 있다면 그것만으로 '대단히' 행복해지기 때문이다.

어느
버스커의
노래

얼마 전 런던을 여행하다 전철역에서 환승을 하기 위해 통로를 걸어가던 중이었다. 눈앞을 바쁘게 지나치는 수많은 사람들 사이로 이제 막 통기타 튜닝을 마치고 노래를 시작하려는 금발의 소녀가 보였다. 티셔츠에 청바지 차림의 그녀 앞에는 여느 버스커들과 마찬가지로 작은 앰프 하나와 기타 케이스가 놓여 있었다. 낡은 기타 케이스 안은 아직 텅 비어 있었다.

환승 통로를 지나는 사람들은 그녀와 그녀의 기타 케이스를 한 번씩 번갈아보고는 재빨리 각자의 목적지를 향해 걸음을 옮겼고, 그녀 또한 종종 눈이 마주친 그 사람들을 그대로 떠나보냈다. 사람들이 그녀를 지나친 이유는 그저 그들이 지나야 하는 길목에 그녀가 서 있었기 때문이다. 그녀 또한 스쳐 지나가는 사람들을 붙잡을 이유가 없었다. 나는 사람들을 헤치고 그녀 앞에 서서 노래가 시작되길 기다렸다. 특별히 바쁠 일도 없는 여행객이 그날의 첫 번째 관객이 되기로 한 것이다.

금발 소녀는 눈을 감고 한 번 크게 심호흡을 한 후 천천히 입술을 마이크로 가져갔다. 그러고는 아주 잠시 동안 그대로 가만히 있다가(노래를 시작하고 싶은 순간, '바로 지금이야!' 싶은 순간을 조심스레 기다린 것이다) 다시 빠르고 짧게 호흡을 들이마시고 기타 줄을 튕기며 노래를 시작했다.

버스킹은 언제나 이렇게 시작된다. 노래를 시작하기로 결정한 그 순간, 수줍은 첫 가사가 입술을 떠나 멜로디를 타고 공간에 울려 퍼지는 그 순간, 왼손 손가락 서너 개가 기타 줄을 꼬옥 누르면서 동시에 오른손으로 뭔가 큰 결심이라도 한 듯 첫 줄을 튕기는 그 순간에 노래하는 이가 선 장소는 공연장이 되고, 지나가는 사람들 몇몇은 관객이 된다. 의외의 공간에서 서로에게 아무런 약속도, 기대도 없었던 가수와 관객이 이렇게 처음 마주하는 순간에 작지만 아름다운 기적 하나가 일어나는 것이다.

"금빛 들판 위로 서풍이 불어오면, 그대는 나를 떠올릴 거예요(You'll remember me when the west wind moves upon the fields of barley)."

첫 곡은 스팅의 'Field of Gold'였다. 스팅이 부르는 '금빛 들판'이 긴 세월이 지난 뒤 작은 미소를 지으며 과거를 회상하는 듯한 분위기라면, 이제 갓 스무 살을 넘긴 듯 보이는 그녀의 '금빛 들판'은 떠올릴 때마다 여전히 어딘가 아파오는 그리 멀지 않은 기억인 듯 느껴졌다. 그녀는 노래를 부르는 내내 한 번도 눈을 뜨지 않았다. 나는 그녀가 노래를 부르는 내내 지하철 환승 통로가 아닌 자신만의 금빛 들판에 서 있음을 알 수 있었다.

거리 버스킹에서 마주치는 노래는 그 어떤 예술보다도 솔직

하다. 라이브 음악은 연주하는 사람의 감정과 표정, 작은 떨림 같은 것들이 그가 연주하는 음악과 동시에 바로 앞의 청중에게 로 전해지기 때문이다. 그녀가 부르는 노래의 가사나 멜로디뿐 만 아니라 그녀의 존재—질끈 감은 눈과 찌푸린 미간, 떨리는 목소리, 입고 있는 티셔츠와 청바지, 지저분한 운동화와 싸구려 통기타, 낡은 기타 케이스에 써 붙인 페이스북 계정—까지도 노래의 일부가 되어버리는 것이다. 그녀의 이야기가 되어버리는 것이다.

첫 곡이 다 끝날 때까지 나는 자리를 떠나지 못한 채 그대로 서 있었다. 노래나 기타 실력이 특출해서는 아니다. 다만 그 안에 담긴 어떤 '뜨거움'이 전해졌기 때문이다. 그녀의 노래는 무대 경험이 적은 뮤지션들이 흔히 그러듯이 관객들을 향한 것이 아니라 그녀 자신을 향한 노래, 어느 곳이든 상관없이 그저 목청껏 노래를 부르고 싶다는 열망으로 가득 찬 노래였다. 예전의 내 노래가 그랬듯이 말이다.

눈을 질끈 감고 떨리는 목소리로 노래를 이어가는 모습을 보고 있자니 내가 처음 노래를 불렀던 날들의 떨림과 열정, 대상 없는 미움과 설움, 매일같이 불쑥 찾아들던 불안감까지도 모두 선명하게 떠오르는 듯했다. 음악으로 밥벌이를 할 수 있게 된 현재의 상황이 참 다행스럽다는 생각도 들었고, 유명한 뮤지션이 되기를 꿈꾸며 사람들이 오가는 길목에서 버스킹을 하고 있는 수많은 뮤지션들에게 왠지 모르게 미안한 마음도 스쳤다. 그렇다고 내가 특별히 건넬 수 있는 충고가 있는 것도 아니었다. 내가 어느 정도 알려진 뮤지션이 될 수 있었던 것은 그저 '운'이 찾아와서라는 것을 어느 누구보다 나 자신이 잘 알고 있기 때문이다. 노래가 끝나갈 무렵이 되자 그녀의 노래에 담긴 꿈에 대한 뜨거운 열정이 점점 미지근해져가는 나를 거세게 나무라는 것 같았다. 나는 그녀의 첫 곡에 긴 박수를 보낸 후, 기타 케이스에 1파운드짜리 지폐 한 장을 살며시 내려놓고 천천히 자리를 떠났다. 돌아서는 등 뒤로 들릴 듯 말 듯 "thank you"라는 수줍은 인사가 들렸다.

서울로 돌아온 다음, 해질 무렵 퇴근하는 차들로 꽉 막힌 강변북로 위에서 무심결에 FM 라디오를 틀었다가 스팅이 부르는 'Field of Gold'를 듣게 되었다. 노래는 이제 막 시작된 참이었다.

"금빛 들판 위로 서풍이 불어오면, 그대는 나를 떠올리겠죠."

창밖으로 보이는 한강과 여의도의 빌딩은 눈부신 금빛으로 물들어 있었고, 분명 귓가에는 스팅의 부드럽고 허스키한 음성이 들려오고 있었지만 이 노래는 단숨에 나를 몇 달 전 런던의 전철역 환승 통로로 데려다놓았다. 차 유리창을 내리자 안으로 서늘한 바람이 밀려 들어왔다. 이 바람은 어디서 불어오는 걸까. 어느 쪽이 서쪽일까. 나는 그날 그녀가 부른 이 노래를, 그녀 앞을 스쳐 지나던 수많은 사람들을, 그녀 앞에서 이 노래를 듣고 서 있던 내 뜨거운 감정을 차례로 떠올렸다. 서쪽 하늘의 노을은 뜨겁게 타오르고 있었고 나는 자꾸 눈물이 날 것 같았다. 라디오에서는 노래가 끝나자마자 조잡한 배경음악에 맞춰 시끄럽게 떠들어대는 대리운전 광고가 연달아 나오고 있었다. 나는 언젠가 꼭 그녀가 부르는 'Field of Gold'를 라디오에서 듣는 날이 왔으면 좋겠다고 생각했다. 분명히 그 목소리를 알아들을 수 있을 것 같았다.

MISS YOU

각종 매체에서 인터뷰를 할 때마다 늘 받는 질문들이 있다.

"본인이 만든 곡 중에 특별히 아끼는 곡이 있나요?"

이 질문도 그중 하나이다. 하지만 내가 만든 모든 곡들이 내 안에서 조금씩 떨어져 나온 '마음 한 조각' 같은 느낌이라 나는 그동안 이 질문에 쉽사리 대답할 수 없었다. 굳이 답을 바라는 질문자를 위해 성심성의껏 고민을 해봐도 마찬가지였다.

노래를 만드는 것이 일상인 나에게는 내가 만든 노래들이 마치 일기장과도 같아서, 어떤 노래든지 한 곡 한 곡 부르거나 들을 때면 그 노래를 만들던 순간의 모습과 그때의 감정들이 선명하게 다시 떠오른다. 그러니 모든 곡이 소중할 수밖에 없다. 사람들이 스탠딩에그라는 이름을 기억하게 해준 '넌 이별 난 아직', 'Little Star', '그래, 너' 같은 곡들에는 고마운 마음이, 사람들에게 비교적 알려지지 않은 '모래시계'나 '가슴 아픈 말' 같은 곡들에는 미안한 마음이 조금 더 들 뿐이다.

하지만 이런 나에게, 얼마 전부터 특별한 곡이 하나 생겼다. 바로 'Miss You'라는 곡이다.

7년 동안 100곡이 넘는 노래를 만들었지만 아직도 내 안에서 어떤 멜로디가 떠오르고 그 멜로디가 조금씩 형태를 갖춰서 온전한 한 곡으로 완성되는 과정은 여전히 신비롭게만 느껴진다. 머릿속에 아무런 전조 없이 스르륵 떠오르는 장면이나 복잡한 감정들—사랑에 빠진 남녀의 몸짓과 그들이 나누는 사랑의 이야기, 차갑게 헤어지는 장면, 마음이 와르르 무너지며 쏟아내는 절망적인 눈물, 이별의 아픔을 지나온 남녀의 어른스러워진 웃음—이 몇 개의 음표와 쌍을 지으면서 그 순간 갑자기 세포분열이라도 일어난 것처럼 순식간에 새로운 음표가 줄줄이 만들어지고, 그 주위로 리듬과 화성의 살이 붙어가는 신비로운 과정은 아무리 생각해도 내가 어떻게 조종하거나 통제할 수 없는 영역의 일이기 때문이다.

누군가는 이것을 '재능'이라 할지 모르지만, 솔직히 말해

서 나는 도무지 내가 해낸 일이라고는 생각할 수가 없다. 자신도 모르게 해버린 일을 자기가 한 일이라고 얘기하는 것은 거짓말이니까. 대신 먼 옛날의 예술가들이 그랬듯이 '영감(inspiration)'이라는 이름의 천사가 잠시 다녀간 것이라고 믿는다. 그래서 새롭게 곡을 써야 할 때면 늘 두려운 마음이 든다. 그런 영감은 부른다고 언제든 와주는 것도 아닐 뿐더러, 예상치 못한 타이밍에 불현듯 왔다가 획 하고 사라져버리기 때문이다. 때로는 자다가 꿈속에서 환상적인 멜로디가 떠오르곤 하는데, 꿈속에서 떠오른 그 악상을 녹음하거나 악보로 그릴 수 없어 원망스러웠던 적이 한두 번이 아니다. 가끔은 침대에서 이불을 박차고 벌떡 일어나 머리카락을 움켜쥐고 "으아악" 소리를 지르기도 한다. 그래도 사라진 영감은 다시 떠오르지 않는다. 그 시간이 지나가면 다시 또 다른 영감이 찾아오길 기다리는 수밖에 없는 것이다.

작년 이맘때쯤이었다. 나는 몇 달째 한 곡도 쓰지 못하고 있었다. 그럼에도 '이러다보면 또 어느 순간 멋진 멜로디가 떠오르겠지'라는 생각으로 내가 좋아하는 일들을 하며 하루하루를 보내고 있었다. 좋아하는 만화책을 읽거나 망고와 산책을 하거나 저녁에는 좋아하는 사람들을 만나 유쾌한 시간을 보냈다. 한동안 보지 못했던 영화를 찾아보거나 며칠 밤낮으로 미드 시리즈를 보기도 했다. 결코 작업을 서두르려고 하지 않았다. 조바심이야말로 새로운 영감이 떠오르는 것을 방해하는 가장 큰 요소라는 것을 알았기 때문이다.

하지만 그렇게 시간이 계속 흐르자 더는 그 어떤 것도 내 마음을 편하게 만들어주지 못하는 때가 왔다. 새 앨범 작업을 시작해야 할 시기는 점점 다가왔고 조바심은 결국 내 통제를 벗어나기 시작했다. 신나게 웃고 떠드는 와중에도 사람들은 어딘가 불안해 보이는 나를 알아차렸고, 가까운 사람들은 순간적으로 울적해지는 내 모습을 걱정하기 시작했다.

그렇게 또 몇 달이 흘렀지만 나는 여전히 제자리였다. 가끔씩 떠오르는 멜로디는 억지스러웠고 그런 멜로디는 더 이상 진행이 되지 않았다. 좋아하는 일들로 하루를 보내는 것도, 반대로 하루 종일 건반 앞에 앉아 있는 것도 아무런 도움이 되지 않았다. 몇 년간 쉬지 않고 수많은 곡을 만들어왔으니 이런 시기가 오는 게 당연하다는 말도, 이러다보면 분명히 다시 좋은 곡이 떠오를 거란 말도 전혀 위로가 되지 않았다. 그러던 어느 날, 드디어 나는 머리와 가슴이 완전히 텅 비어버렸다는 사실을 인정하게 되었다. 더 이상은 어떤 멜로디도 떠오르지 않을 것 같았다. 앞으로 영원히 말이다. 뮤지션으로서 자신이 끝장이라고 느껴지는 순간이 언제일까? 혼신의 힘을 다해 만든 노래를 들려줄 방법이 없을 때? 발표를 해도 더 이상 들어주는 사람이 남아 있지 않을 때? 아니다. 더 이상 내 안에 만들고 싶은 노래가 남아 있지 않을 때다. 그때의 내가 딱 그랬다.

조금 싱겁지만, 바로 그 순간, '뮤지션으로서 마지막이구나'라고 생각하는 그 순간에 한 소절의 멜로디가 머릿속에 부드럽게 내려앉았다. 마치 그런 나를 위로하듯이.

그렇게 완성된 곡이 'Miss You'였다.

"빛을 잃은 내 마음에"

이 여덟 글자와, 이 글자에 하나씩 짝을 이룬 여덟 개의 음표들은 서서히 살이 붙어 노래가 되었다. 멜로디는 끊어지지 않았고, 1절이 마무리되고 2절로 넘어가는 부분에서는 멜로디가 마음대로 변주되었지만 그대로 두기로 했다. 형식 안에 영감을 가두고 싶지 않았기 때문이다. 2절 후렴이 지난 후에 감정이 휘몰아치듯 몰려왔고, 멜로디는 그 감정을 그대로 담은 채나에게로 쏟아졌다. 노래는 시작부터 끝까지 한순간 내 안으로 밀려들었고, 내 안에 그대로 남았다. 건반 앞에 앉은 채로 나는 펑펑 울었다. 내 노래가 나 스스로에게 위로가 되는 경험은 처음이었다. 가장 절망적인 순간에 끝없는 절망 자체에 대한 노래를 쓰면서 절망을 받아들이고, 그 순간 다시 절망을 뚫고 나갈 힘을 얻게 된 건 지금 생각해도 참 아이러니한 일이다.

얼마 전 공연에서 조명 감독님께 'Miss You'를 부를 때 공연장을 완전히 암전시켜달라고 부탁했다. 첫 소절부터 가사에 완벽하게 몰입하고 싶어서였다. 나는 노래를 끝내자마자 무대 위에서 아이처럼 엉엉 울었다. 그리고 관객들은 그런 나에게 끊임없이 박수를 보내주었다. 다시 서서히 조명이 들어왔고, 고개를 들었을 때 내 눈에는 나와 함께 울고 있는 관객들의 얼굴이 보였다. 우리는 그 순간 서로 '힘내'라는 눈빛을 주고받았다. 그때 관객들의 눈빛 하나하나를 나는 아마 영원히 잊지 못할 것이다.

언젠가 또 다른 절망적인 상황이 찾아온다면, 이날 부른 'Miss You'가 나에게 힘이 되어주지 않을까.

사랑의
시작

사랑은 언제나 아무것도 모르는 상태에서 시작된다. 그 사람이 어떤 사람인지 자세히 알기도 전에 미소라든지 말투, 아니면 옷차림같이 아주 작은 부분만으로도 사랑에 빠지게 되는 것이다.

처음엔 우연히 마주칠 때마다 조금 관심이 가는 정도지만 의도치 않게 자주 마주치게 되면, 아니, 자주 마주치고 있다는 착각을 하게 되면 그때부터는 그 사람이 특별해지기 시작한다. 그 사람의 얼굴을 떠올리며 배시시 웃는 자신을 발견하고는 누가 봤을까 싶어 얼굴을 붉히기도 하고, 그 사람과 함께 걸으며 한없이 행복해하는 모습을 상상하기도 한다. 점점 밤이 늦도록 잠이 오지 않는 날이 많아지고, 그렇게 뜬눈으로 며칠 밤을 지새우다보면 어느 순간 드디어 운명의 상대를 만났다는 자기최면에 완전히 빠져버린다. 이는 최면 중에서도 가장 강력한 것이라 주변에서 극구 말리거나 정신 좀 차리란 소리를 아무리 들어도 어지간해서는 풀리지 않는다.

지금 생각하면 조금 부끄럽지만 뮤지션이 되기로 마음먹었던 스무 살의 내 모습이 딱 이랬다. 스무 살이 되던 해 봄 나는 음악과 사랑에 빠지고 말았다. 마이클 잭슨의 〈데인저러스〉 앨범을 들었던 초등학교 5학년 이후로 매일매일 새로운 음악을 찾아 듣는 일이 가장 큰 취미 생활이긴 했지만, 듣는 것을 넘어 음악을 직접 만들고 싶다고 생각한 것은 그때가 처음이었다.

뮤지션이 될 수 없다면 살지 못할 것 같았다. 무대 위에서 노래하는 모습을 상상하면 너끈히 몇 시간을 보낼 수도 있었다. 일단 어떻게든 시작하기만 하면 길은 자연스레 앞에 나타날 것만 같았고, 거리를 걷다가 우연히 내가 만든 근사한 음악이 흐르는 카페를 지나치는 일을 곧 경험할 수 있으리라는 자신감에 차 있었다. 결국 음악에 대한 짝사랑이 깊어질 대로 깊어지고만 나는, 이 사랑을 마음에 담아두고만 있다가는 곧이라도 죽을 것만 같았기에 고백을 서둘렀다.

하지만 뮤지션이 되겠다는 나의 당돌한 고백에 주변의 반응은 참담했다. 아버지는 화를 꾹 누르시며 굳은 얼굴로 방 안에 들어가 나오지 않으셨고, 어머니는 그대로 앓아누우셨다. 친구들은 황당한 표정으로 제정신이냐고 물었다. 모두가 마치 입을 맞춘 듯이 똑같이 했던 이야기는 "가수는 아무나 되느냐"였다. 그러나 그런 핀잔 섞인 질문도 음악과 사랑에 빠진 스무 살의 나를 막을 수는 없었다.

모아둔 돈은 한 푼도 없었지만 가난과 부모님의 반대는 진정한 뮤지션이 되기 위해 거쳐야 할 단계에 불과했고, 친구들의 비웃음은 시멘트 같은 의지를 더 빨리 굳게 만드는 촉매가 될 뿐이었다. 심지어 아직 음악을 만드는 방법이나 뮤지션이 되는 방법 같은 것을 한 번도 구체적으로 생각해보지 않았다는 사실조차 내게는 굉장히 사소한 문제라고 여겨졌다.

그렇게 음악과 사랑에 빠져서 이불과 옷 몇 벌을 싸들고 서울로 온 지 어느덧 15년이 됐다. 올라와서 첫 6개월은 고시원에 살면서 여기저기 서울 구경을 다니느라 흘려보냈다. 당시 내 방은 창문이 있는 대신 보일러가 들어오지 않았다. 옆방에 사는 사람은 행정고시를 준비하는 고시생이었는데 아주 작은 소리만 내도 벽을 쿵 하고 쳤다. 음악을 하는 사람이 소리를 내지 못하고 가만히 앉아만 있어야 했던 것이다.

그다음에는 서울로 진학한 친구들의 자취방을 전전하며 몇 달을 보냈다. 친구들은 학교 앞 고깃집으로 나를 데려가 삼겹살을 구우며 서울에는 무슨 일로 왔느냐고 물었다. 나는 음악을 하러 왔다고 대답했지만, 사실은 무엇 하나 시작하지 못하고 있었다. 허세를 부리느라 어색하게 큰 목소리로 대답하는 나를 보고 친구들은 다들 어렴풋이 눈치를 챈 듯 먼저 고깃값을 계산했다. 그날 나는 못 먹는 술을 부끄러움이 사라질 때까지 마셨다.

그렇게 1년이 지나자 음악에 품었던 그 격정적인 사랑이 점점 퇴색되어 후회로 변했다. 도무지 아무것도 될 것 같지 않았다. 압구정동 상아레코드에서 수입 음반들을 구경하다가 멋진 신인의 데뷔 앨범을 발견하면 하루 종일 조바심이 났다.

고맙게도 부모님은 두 분 다 천성이 여린 분들이셨다. 내가 힘들어한다는 걸 아셨는지 서울에서 하루하루를 낭비하고 있던 나에게 꿈이 있다면 성공하지는 못하더라도 시도는 해봐야 하는 거라며 그때부터 하나뿐인 아들을 응원하기로 마음을 바꾸시고는 매달 용돈을 보내주셨다. 힘들면 언제라도 대구로 다시 내려오라는 당부도 잊지 않으셨다. 매월 부모님이 용돈을 보내주시는 날 현금인출기 앞에 설 때면 나도 모르게 눈물이 펑펑 솟았다.

지금 나는 뮤지션이 되기 위해 겪었던 고생에 대해 이야기하는 것이 아니다. 그저 음악과 사랑에 빠져서 저지르고 말았던 수많은 어리석은 짓에 대해 말하고 있을 뿐이다. 셰익스피어는 사랑 때문에 저지른 어리석은 짓을 기억할 수 없다면 사랑에 빠진 적이 없는 것이라고 했다. 사랑에 빠지면 누구나 어리석어진다. 아무것도 모른 채 앞도 뒤도 안 보고 돌진하면 서글픈 장면들이 이어진다는 건 너무도 당연한 사실 아닌가.

내가 진짜로 뮤지션이 된 후에는 음악에 대해서나 음악을 하면서 겪게 되는 안 좋은 일들에 대해 훨씬 자세히 알게 되었다. 그러면서 실제로 음악을 더욱 깊이 사랑하게 되긴 했지만, 오래된 연인이 가끔 두 사람의 첫 만남을 떠올리며 그리워하듯이 나도 가끔 음악에 대해 아무것도 모르면서 음악을 위해 모든 것을 던질 수 있다고 말했던 그때의 그 서툰 열정이 그리울 때가 있다.

사랑은 언제나 아무것도 모르는 상태에서 시작된다.
그 사람이 어떤 사람인지 자세히 알기도 전에
미소라든지 말투, 아니면 옷차림같이
아주 작은 부분만으로도
사랑에 빠지게 되는 것이다.

희은이의
버킷리스트

인스타그램으로 한 통의 메시지를 받았다.

이 메시지를 볼지 안 볼지 모르겠지만 그래도 혹시나 싶어 보낸다며 며칠 전 새벽, 소중한 친구가 암 투병 끝에 세상을 떠났다고 했다. 아프기 전에도 힘든 투병 생활 중에도 스탠딩에 그의 노래로 친구가 위로를 받고 힘을 냈다며, 그녀가 하늘나라에서는 부디 아프지 않고 행복하기를 한 번만 기도해달라고 했다.

글 끝에는 사진이 한 장 첨부되어 있었는데 친구가 죽기 전 작성한 버킷리스트를 캡처한 사진이었다.

2. 눈 내리는 날 에펠탑 보기

3. 내일로 여행(기차 여행)

4. 제주도 해안가 스쿠터로 달리기

5. 초밥이랑 회 실컷 먹어보기

6. 소중한 사람들과 기분 좋게 맥주 한잔하기

7. 네일아트 받기

8. 스탠딩에그 콘서트 가기

9. 친구들과 여행

.

.

.

바나나보트 타기, 계곡에서 수영하기, 등산……

삶의 끝자락에서 그녀가 진심으로 원했던 건 친구들과 초밥
과 회를 실컷 먹거나 네일아트를 받으며 수다를 떨고, 기분 좋
게 시원한 맥주를 한잔 마시는 것이었다. 여름이면 제주도로
여행을 가거나 계곡에서 바나나보트를 타는 것이었다.

삶의 마지막에 이르렀을 때 진정으로 소중한 건 이런 순간이
겠구나 하는 생각에 나는 몇 번이나 천천히 메시지와 버킷리스

트를 다시 읽었다. 그때마다 눈물이 나서 중간중간 읽기를 멈
춰야 했다. 그러다 결국 그 자리에서 한참을 울었다.

소중한 팬 희은이에게

희은아, 안녕.
이제 너에게 전할 방법은 없지만 그래도 꼭 해주고 싶은 말
이 있어서 이렇게 편지를 써보기로 했어.
먼저, 우리 노래를 좋아해줘서 진심으로 고마워.
노래는 만드는 사람과 듣는 사람 간의 대화 같은 거니까
내가 만든 노래를 네가 좋아했다면 아마 우리는 서로 뭔가
통했다는 걸 거야.
그러니까 너도 아마 나처럼 착하고 따뜻한 사람이었겠지. 헤
해. (미안, 농담이야.)
너와 네 친구들 덕분에, 우리의 음악이 누군가에게는 우리가
생각하는 것 이상의 큰 의미가 될 수 있다는 걸 알았어.
한 곡 한 곡 새로운 노래를 만들고, 무대 위에서 노래를 부를
때마다 그리고 내가 힘들거나 지칠 때마다 너의 버킷리스트
를 떠올릴게.

마지막으로 네가 좋아했던 우리 노래가 너에게 편안한 자장가가 되기를, 그리고 하늘나라에서는 부디 건강하고 행복하기를 진심으로 기도할게.
'눈을 감고, 내가 하는 이야길 잘 들어봐.
나의 얘기가 끝나기 전에 너는 꿈을 꿀 거야.'

안녕.

네 번째

여행의
목소리

앤드루와
틈새의 집

'I'm sorry, My plane was one hour late.'

4월 초순의 어느 늦은 밤, 휴가차 들른 도쿄에는 봄비가 내리고 있었다. 하지만 감상에 젖을 여유도 없이 나는 비행기에서 내리자마자 숙소로 예약해둔 집의 주인인 앤드루에게 서둘러 사과 메시지를 보내야 했다.

나에게 도쿄는 언제나 영화 〈사랑도 통역이 되나요〉 속의 도쿄였다. 호텔 방에서 홀로 멍하니 신주쿠 고층 빌딩을 바라보던 스칼릿 조핸슨의 도쿄이자 사람들로 가득한 신주쿠 길 한복판을 홀로 거닐던 빌 머리의 도쿄 말이다. 그래서 도쿄에 갈 때면 항상 신주쿠의 호텔에만 묵곤 했다. 영화를 만든 소피아 코폴라 감독도 분명 같은 생각이었을 거다. 도쿄가 아닌 그 어디라도, 가장 화려한 번화가 중심에 있는 호텔보다 더 고독한 장소를 생각하기란 쉽지 않으니까.

하지만 이번엔 4월의 도쿄 여행이고 하니 '도시 속 외로운 이방인'보다는 '벚꽃과 함께하는 여유로운 일상'이 더 어울리는 테마일 듯했고 그래서 처음으로 호텔 대신 누군가의 아담한 집을 빌려보기로 했다. 그런데 그런 생각이 오히려 이렇게 사과해야 할 일을 만든 것 같아 마음이 불편해졌다. 호텔에 묵었다면 누군가에게 고마워할 일이라면 모를까 미안해할 일 같은 건 생기지 않았을 텐데.

앤드루의 집은 주오선 기치조지 역에서 걸어서 10분 정도 거리에 있었다. 나는 기치조지 역에 내리자마자 스마트폰을 들고 구글맵에 표시해둔 집 주소를 보며 빠르게 걸었다. 하지만 비가 내리는 밤인 데다 초행길이라 집을 찾는 일이 생각보다 쉽지 않았다. 겨우 집 소개 글에 쓰여 있던 '옐로 컬러의 예쁘고 아담한 집' 앞에 도착했을 때는 앤드루에게 메시지로 남긴 도착 예정 시간보다 두 시간 이상이나 늦은 상태였다.

게다가 노크를 하려고 보니 당황스럽게도 두드릴 현관문을 찾을 수가 없었다. 일반적으로는 당연히 집의 정면에 있어야할 현관문이 아무리 살펴봐도 보이지 않았다. 점점 굵어지는 비를 맞으면서 10분이 넘도록 문을 찾아봤지만 결국 포기할 수밖에 없었다. 결국 나는 앤드루에게 전화를 걸었다.

'그러고 보니 이 녀석, 일본인이면서 이름은 왜 앤드루인거야? 혹시 외국인이려나?'

"Hello?"

통화 버튼을 누르고 전화기를 귀로 가져가는데 신호가 가기도 전에 전화기가 아니라 아주 가까운 어딘가에서 목소리가 들려왔다. 깜짝 놀라 소리가 난 쪽을 돌아보니 노란 집과 그 옆집 사이의 어둡고 작은 틈 사이에서 어정쩡하게 손을 들고 있는 검은 그림자가 보였다.

'맙소사, 저렇게 터무니없이 좁은 틈에서 사람이 나올 리 없 잖아.'

눈을 크게 뜨고 그쪽을 다시 쳐다봤다. 그곳에 선 검은 실루 엣은 팔을 들어 손짓을 하더니 다시 틈새로 스르륵 사라졌다. 나는 우산을 접으며 그를 따라 좁은 틈으로 들어갔다. 구인공 고를 보고 찾아간 회사에서 7과 1/2층이라는 황당한 공간으로 몸을 웅크린 채 들어가는 〈존 말코비치 되기〉의 존 큐잭이 된 기분이었다. 빗물이 고여 질퍽질퍽한 좁은 바닥을 게걸음으로 다섯 발자국 정도 들어가니 정말 신기하게도 은은한 오렌지색 불빛이 새어나오는 작은 현관문이 보였다. 그 문을 열자 드디 어 집주인 앤드루가 온전히 정체를 드러냈다. 앤드루는 빗물이 뚝뚝 흐르는 안경을 낀 채 나를 보며 환하게 웃고 있었다.

밝은 곳에서 처음 본 앤드루는 '건물 틈새에 숨겨진 현관문' 에 비해서는 굉장히 평범한 인상이었다. 나는 집에 들어서면서 그에게 다시 한 번 약속 시간에 늦은 것에 대해 정중히 사과했 다. 그는 괜찮다며 안 그래도 바빠서 집 청소를 다 못 끝냈는데 다행히 내가 늦는 바람에 겨우 제시간에 청소를 끝냈다고 말했 다. 그러면서 자신이 먹고 있던 초콜릿 과자 봉지를 쓰윽 내밀 었다. 처음 만나는 사람에게 먹다 남은 과자를 내미는 건 친근 함의 표현일까, 아니면 타고난 무심함일까. 그의 표정으로 봐

서는 딱 그 중간 어디쯤이었다.

앤드루는 자신의 집에 머물렀던 게스트 중 뮤지션은 처음이라며 나를 무척이나 반겼다. 사실 비행기에서 내리자마자 숨돌릴 틈 없이 서둘러 이곳에 닿은 터라 마음 같아서는 당장 침대에 눕고 싶었지만 아무리 피곤한 듯 표정을 지어봐도 그는 아랑곳하지 않았다. 오히려 도쿄에 와본 적이 있느냐, 무슨 일로 왔느냐, 어떤 음악을 하느냐 등 끊임없이 질문을 해댔다. 지난 몇 년간 꽤 많은 인터뷰를 했지만 이렇게까지 나에 대해 궁금해하는 사람은 처음이라 점점 앤드루라는 캐릭터가 신선하게 느껴지기까지 했다.

그는 한참 동안 질문 세례를 퍼붓더니 궁금증이 어느 정도 해소되었는지 이번에는 자신의 이야기를 서슴없이 풀어놓기 시작했다. 그는 일본계 미국인으로, 미국에서 태어나 어린 시절을 보낸 후 중국의 음악 학교를 다니다 졸업과 동시에 부모님의 고향인 일본으로 와서 정착했다고 했다. 하지만 일본어가 서툴다보니 지금도 딱히 일본인의 정체성을 가지고 있는 것은 아니었다.

이야기를 들어보니 앤드루는 이 기묘한 틈새의 집처럼 줄곧 어떤 '틈새'에 낀 채로 살아온 게 아닌가 하는 생각이 들었다. 그러자 그가 이 집에 살고 있다는 사실이 왠지 운명처럼 느껴졌다. 이번 여행의 테마가 '벚꽃과 함께하는 여유로운 일상'에서 '앤드루와 틈새의 집'으로 바뀌는 순간이었다.

앤드루는 자기가 하고 싶은 이야기도 모두 끝났는지 의자에서 벌떡 일어나서는 집 구석구석을 소개해주겠다며 따라오라고 했다. 구석구석이라고 해도 싱글 침대 하나가 겨우 들어가는 작은 방 하나에 우리가 앉아 있던 거실 겸 주방이 전부였지만. 그는 히터 작동법, 가스레인지 밸브를 잠그는 법, 욕조에 물을 받는 법 같은 자잘한 부분까지 세심하게 설명했다. 그러고는 시계를 보더니 이제 진짜로 가봐야겠다며 자신의 백팩을 매고 현관 쪽으로 걸음을 옮겼다.

"아!"

현관에서 신발을 신던 앤드루가 잊을 뻔했다는 듯 다시 거실로 올라와서는 책상 위에 있던 종이 한 장에다 펜으로 뭔가를 정성스레 써서 건넸다. 그 종이에는 자신이 생각하는 벚꽃 구경하기에 좋은 장소들이 또박또박 쓰여 있었다. 그는 나에게 떠나는 날까지 편히 지내다 가라는 말을 남긴 채 우리가 들어왔던 그 좁은 틈새로 다시 사라졌다.

메구로 강
벚꽃 길
끝에서

　주말 내내 흐드러지게 핀 벚꽃과 플라스틱으로 만든 피크닉용 로제 샴페인 잔을 손에 든 사람들로 가득하던 메구로 강가는 일요일 밤 열한 시가 넘어서야 조용해졌다.

　벚꽃을 보러 왔던 엄청난 인파는 대부분 집으로 돌아갔다. 남은 것은 꽃과 샴페인, 그리고 젊음에 취해 주머니에 손을 푹 꽂은 채 커다란 벚나무 아래 주저앉아 꿈을 꾸고 있는 몇몇 청년들과, 하루 종일 쉴 새 없이 소시지를 구워 파느라 꽃이 가득한 길에서도 꽃을 볼 여유가 없었던 노점 상인들뿐이었다. 나카메구로 벚꽃 축제의 마지막 밤은 그렇게 흘러가고 있었다.

그날은 벚꽃 축제의 마지막 밤이기도 했지만 우리 여행의 마지막 밤이기도 했다. 며칠 전 비가 온 탓에 밤공기가 쌀쌀해져 있었다. 우리는 어깨를 움츠린 채 손을 꼭 잡고 벚나무가 늘어선 길을 천천히 걸었다. 고개를 들면 하늘을 가릴 정도로 가득한 벚꽃들이 보였고 고개를 떨어뜨리면 바람이 불 때마다 미끄러지듯 바닥을 구르는 벚꽃들이 보였다. 아무 말 없이 걷다보면 가끔씩 서로의 어깨가 스치듯 닿았고 그럴 때마다 우리는 머쓱하게 웃고는 잡고 있던 손을 다시 꼭 쥐었다.

말이 없으면 없는 대로 좋았다. 밤이 깊어가고 주변이 조용해지자 맑고 투명한 강물 흐르는 소리와 벚나무 사이로 바람이 스치는 소리가 크게 들렸다. 우리는 잠시 벤치에 나란히 앉아 강을 바라보았다. 지금까지 지나왔던 텅 빈 공간이 우리 둘이 만든 무언가로 완벽하게 채워진 듯한 기분이 들었다. 강 건너로 마지막 정리를 마친 노점상의 불빛이 하나둘 꺼지는 모습이 보였다. 그럴 때마다 주위는 조금씩 더 어두워졌지만 벚꽃의 흰빛은 더욱 애틋하게 도드라졌다.

"벚꽃은 아직 활짝 피어 있는데 축제는 이대로 끝나는구나."

"그러게. 막 시작하려고 할 때 아련하게 끝나버린 사랑 같은 느낌이지? 그렇긴 하지만 벚꽃이 다 질 때까지 계속되는 축제도 왠지 김빠지잖아. 사랑이 그런 것처럼."

"으응, 그건 그렇지."

이렇게 대답하긴 했지만 그래도 나는 센트럴파크 한편의 말 없는 기념비가 되어버린 존 레넌보다 여전히 수만 명의 사람들과 함께 영원히 끝나지 않을 것 같은 'Hey Jude'의 후렴구를 부르는 폴 매카트니가 더 좋았고, 일찌감치 전설이 된 지미 헨드릭스보다 전성기의 기가 막힌 노래들은 아니더라도 가끔씩 묵묵히 신곡을 발표하는 에릭 클랩튼이 더 좋았다. 조금씩 빛을 잃고 저물어가는 애잔한 모습도 나에게는 그 사람의 가장 아름다웠던 시절만큼이나 소중했다. 가장 아름다운 한때를 함께하는 것보다는 눈물 나는 마지막을 함께하는 것이 더 아름답지 않을까. 나는 메구로 강가에 늘어선 오래된 벚나무들이 마지막 꽃잎을 떨어뜨릴 때까지 이곳에 머무르고 싶다는 생각을 했다.

"처음 메구로 강가에 벚나무를 심은 사람은 누굴까? 처음 심었을 땐 분명히 앙상하고 볼품없었을 텐데 말이야. 자신이 죽고 나서 몇십 년, 아니 몇백 년 뒤에 이 길을 걷게 될 우리 같은 사람을 위해서 벚나무를 심다니 로맨틱한 사람이었나 봐."

그녀는 강 맞은편 마지막 남은 노점의 불빛에 시선을 고정한 채 말했다.

"그러게…… 어쩌면 아련하게 끝나버린 첫사랑과 다음 생에 다시 만나 함께 걷고 싶은 길을 만들어야겠다고 생각했는지도 모르지."

"그렇다면 이렇게 벚꽃이 가득한 밤에 축제가 끝나는 건, 그 사람이 죽기 전에 축제는 꼭 벚꽃이 가장 활짝 피는 밤에 끝내라는 유언을 남겨서인지도 모르겠다. 벚꽃이 가득 핀 이 길을 환생한 둘이서만 오붓하게 걷고 싶어서 말이야."

"어라, 그럼 다시 태어난 그 두 사람이 지금의 우리 둘인지도 모르겠네."

우리는 그런 시답잖은 대화를 주고받으며 다시 일어나 벚꽃길이 끝나는 곳까지 걸었다. 1킬로미터가 조금 넘는 그 길의 끝에 'The Workers Coffee'라는 이름의 카페가 있었다.

나는 잠시 그곳에 멈춰 서서 카페 건물 꼭대기에 매달린 네온사인을 바라봤다. 여행의 마지막 밤, 꿈처럼 아련한 이 밤이 끝나면 다시 아무 일 없었다는 듯 각자 worker의 일상으로 돌아가야 한다고 네온사인이 상기시켜주는 것 같았다.

"우리 나중에 여기 꼭 다시 오자. 아닌가? 다시 오면 오늘만큼의 감흥은 없으려나?"

왠지 이런 말은 쿨하지 못한 것 같아 절대 하지 말아야지 생각했지만, 결국 길의 끝에 서자 쿨하지 못한 나로서는 도저히 말을 꺼내지 않을 수가 없었다. 그녀는 대답 대신 잡고 있던 손을 놓으며 카메라를 잠깐 달라고 했다. 내가 코트 주머니에 있던 카메라를 건네자 그녀가 전원을 켜면서 말했다.

"방금 그 말을 할 때처럼 다시 저쪽을 바라보고 있어봐. 저 카페 간판 보고 있었잖아."

"아, 으응."

나는 영문도 모른 채 그녀가 시키는 대로 'The Workers Coffee' 간판을, 가는 글씨의 네온사인을 다시 바라봤다. 그녀는 조금씩 각도를 바꿔가며 내 옆모습과 뒷모습을 몇 장 찍더니 이제 됐다며 카메라를 돌려줬다.

"방금 그 말을 하던 순간의 네 모습을 기억하고 싶어서."

우리는 마지막으로 한 번 더 고개를 들어 우리 두 사람 머리 위로 가득 핀 하얀 벚꽃을 한동안 바라보았다.

피터 도이그,
좋아하세요?

　몇십 년, 어쩌면 몇백 년 만에 달이 지구와 가장 가까워진 어느 여름날 밤, 하늘에 닿을 듯 높게 솟은 동쪽의 산맥 위로 거대한 보름달이 떠오르며 울창한 숲 속에 감춰진 호수를 신비로운 금빛으로 물들이기 시작했다. 달빛은 지금껏 빛이 닿은 적 없던 호수의 가장 깊은 곳까지 가 닿았고, 호수는 마치 물이 아닌 빛으로 가득 채워진 듯 보였다. 호숫가의 울창한 나무들은 어둠 속에서 서늘한 금빛으로 빛났고 나무 사이에 숨어 있던 빛바랜 초록색 지붕의 작은 오두막도 그 모습을 드러냈다.

언제부터인가 오두막에 홀로 살고 있던 여인은 그날 밤 진작부터 깨어 있었다. 그녀는 계속된 무더위에 밤늦도록 잠들지 못하다가 신비롭게 빛나는 호수에 완전히 매혹되어 자신도 모르는 사이 호숫가에 매어둔 흰색 카누 앞에 가서 섰다. 그리고 조심스레 카누를 호수로 밀어 넣었다. 흰 시폰 잠옷 위로 땀에 젖은 가녀린 등이 달빛에 비쳤다. 5미터는 족히 되어 보이는 우아한 흰색 카누가 금빛 호수로 쓰윽 미끄러져 들어가자 뱃머리가 수면을 가르며 만드는 거대한 V자 모양의 파문이 호수 반대편까지 퍼져 나갔다. 그녀는 물이 가장 깊은 곳, 호수 한복판에 카누를 세웠다. 그러고는 카누 바깥으로 상체를 숙이고 머리를 내밀어 수면에 비친 자신의 얼굴을 가만히 들여다보았다. 물에 비친 얼굴은 예전보다는 조금 수척했지만 그럼에도 여전히 아름다웠다. 왼쪽 어깨에서 가슴 쪽으로 쏟아져 내린 긴 금발머리가 달빛을 받아 신비롭게 빛났다. 그녀는 손을 뻗어 수면에 비친 얼굴을 천천히 쓰다듬었다. 카누처럼 길고 흰 손가락이 가볍게 스칠 때마다 수면 위의 무심한 얼굴은 일렁이다 멈추기를 반복했다.

여인은 문득 이 모든 것이 무더운 여름밤의 나른함이 만들어낸 꿈일지도 모른다고 생각했다. 그러나 굳이 확인하려 들지는 않았다. 이미 오래전에 자신을 둘러싼 현실의 모든 것에 싫증이 나 있던 그녀는 영원히 깨어나지 않을 수만 있다면 오히려 이대로 꿈속에 머무르는 편이 낫겠다고 생각했다.

피터 도이그는 달이 떠오른 순간부터 지금까지 줄곧, 달빛이 닿지 않는 숲의 어두운 그늘 아래 몸을 숨긴 채 그녀의 꿈을 훔쳐보고 있었다. 보름달이 뜨는 밤마다 다른 사람의 꿈속에 몰래 숨어들 수 있는 신기한 능력을 가지고 있던 피터는 그 능력을 통해 훔쳐봤던 사람들의 아름다운 꿈을 하나씩 화폭에 옮겼다. 그림은 마치 꿈속에 들어갔다 나온 듯 환상적이라는 평을 받으며 비싼 가격에 팔려나갔고, 그렇게 몇 년 만에 그는 현존하는 가장 몸값이 비싼 화가 중 한 사람이 되었다.

라고나 할까……

나는 갤러리의 흰 벽에 걸린 피터 도이그의 작품 〈카누 호수〉를 한참 동안 들여다보며 마음대로 이런 상상을 하고 있었다. 〈카누 호수〉는 피터 도이그의 작품 중에서도 내가 가장 좋아하는 그림이었다. 물론 2년 전, 지금의 여자 친구가 피터 도이그란 이름을 꺼내기 전에는 이 그림의 존재조차 몰랐지만.

"혹시, 피터 도이그 좋아하세요?"

2년 전 어느 여름밤, 상수동에서 망원동 방향으로 한강을 따라 걸을 때였다. 그녀는 갑자기 재미있는 이야깃거리가 생각났다는 듯 내 쪽을 돌아보며 물었다. 분명히 처음 듣는 이름이었지만 나는 이제 막 사귀기 시작한 그녀에게 잘 보이고 싶은 마음에 '아니요, 그게 누구죠?'라고 솔직하게 묻지 못했다. 그저 말없이 '당연히 저도 알고 있지만 일단은 당신의 이야기가 듣고 싶군요'라는 느낌의 의뭉스러운 미소를 지으며 속으로는 처음 들은 그 이름을 초조하게 되뇌었다(보나마나 그때 나는 아무것도 모르는 바보 같은 표정이었을 거다). 그녀는 피터 도이그를 자신이 가장 좋아하는 화가라고 소개하며 하나같이 다 근사한 그림이지만 자신은 그중에서도 카누를 그린 작품을 특히 좋아한다고 했다. 나는 그때 '저도 그렇게 생각하지만 굳이 당신 앞에서 더 아는 척하고 싶지는 않군요'라는 뉘앙스로 고개를 끄덕였다. 하지만 속으로는 '카누가 올림픽 정식 종목이었지, 아마?' 같은 멍청한 생각만 했을 뿐이다.

그날 밤의 유치했던 모습을 떠올리며 웃고 있는데 갑자기 등 뒤에서 익숙한 목소리가 들렸다.

"피터 도이그를 좋아하시나봐요?"

뒤를 돌아보니 다른 그림들을 보고 돌아온 여자 친구가 장난기 가득한 얼굴로 나를 보며 웃고 있었다. 그녀는 배가 고파서 도저히 뭔가 먹지 않으면 안 되겠다며 나를 한 번 툭 치고는 출구 방향으로 앞장서서 걷기 시작했다.

"네, 좋아해요. 제가 좋아하는 사람이 가장 좋아하는 화가거든요."

나는 그녀 뒤를 따라가며 나지막이 혼잣말을 중얼거렸다.

프렌치프라이즈
인 맨해튼

"지금까지 나한테 맨해튼은 말이야. 에릭 존슨의 '맨해튼'이었어. 새벽의 패스트푸드점이 아니라."

새벽 한 시가 막 넘었을 무렵이었다. 나는 베이컨과 바비큐 소스가 추가된 치즈버거를 가만히 바라보며 말했다. 그녀는 방금 튀겨낸 뜨거운 프렌치프라이를 토마토케첩에 살짝 찍어 입에 넣으며 말없이 웃었다.

"아무튼, 그러니까 적어도 새벽에 이렇게 패스트푸드점에 앉아 있는 여행객을 상상했던 건 아니란 얘기야. 에릭 존슨이 연주한 맨해튼의 밤은 훨씬 더 세련되고 근사하잖아. 어두운 조명에, 창으로는 마티니나 뭐 그런 걸 한 잔 앞에 두고 앉은 내가 비치고 그 뒤로 불이 켜진 엠파이어스테이트 빌딩이 보이는, 그런 느낌이었다고."

"네가 아무리 투덜거려도 지금 우리가 있는 곳이 맨해튼이란 사실은 변하지 않아."

그녀는 엄지와 검지, 중지를 비벼 손에 묻은 소금을 털어내며 말을 이었다.

"이 시간에 여기라도 문이 열려 있으니 그나마 다행이지, 여기마저 없었어봐. 너한테 맨해튼은 추운 새벽, 바람이 불 때마다 어디선가 구겨진 신문쪼가리가 날아와서 정강이에 척 달라붙는 타임스퀘어 앞이었을 거라고. 그렇게 불평만 하지 말고 좀 더 생산적인 생각을 하는 건 어때? 예를 들면 네가 직접 본 맨해튼을 노래로 만들어본다든가. 늦은 새벽에 딱히 갈 곳도 없고 돈도 없는 딱 우리 같은 여행객들이나, 추위를 피하기 위해 동전을 모아서 이곳에 들어온 부랑자들이 밤을 지새우는 패스트푸드점에 대해서 말이야. 그건 그렇고 식기 전에 얼른 프렌치프라이부터 먹어봐. 이 가게는 햄버거도 햄버거지만 감자튀김이 진짜 끝내주게 맛있네. 내 생각에 에릭 존슨의 '맨해튼'이 분명 멋진 곡이긴 하지만 이 프렌치프라이 맛보다 매력적이진 않은 것 같은데?"

그녀의 말은 처음부터 끝까지 옳았다. 새벽 네 시까지 영업을 하는 이 햄버거 가게는 새벽 한 시가 넘어 뉴욕에 막 도착한 우리가 주린 배를 채울 수 있는 거의 유일한 곳이었다. 특히 땅콩기름에 튀겨낸 이 집만의 고소한 프렌치프라이는 그녀 말대로 정말 '끝내줬다.' 문득 에릭 존슨이 이곳의 프렌치프라이를 먹어봤다면 그의 '맨해튼'이 그런 세련된 분위기의 곡이 되지는 않았을 거란 생각이 들었다.

"프렌치프라이(french fry)가 사실은 프랑스식이 아니란 거 알아? 이렇게 감자를 길게 썰어서 튀기는 건 벨기에에서 처음 시작됐는데, 벨기에어로 '길게 썰다'라는 뜻의 단어가 공교롭게도 french였대. 우리는 지금까지 이걸 먹을 때마다 이름에 속

아서 프랑스식 감자튀김을 먹는다는 착각을 하면서 살았던 거라고. 내가 지금까지 에릭 존슨의 '맨해튼'을 들으면서 근사한 맨해튼을 상상했던 것처럼 말이야. 아무튼 여기 감자튀김 진짜 맛있네."

나는 햄버거를 한입 크게 베어 물면서 주위를 둘러봤다. 바로 옆 테이블에는 인도인 부녀가 마주보고 앉아 있었다. 어린 딸은 탄산음료도 없이 묵묵히 감자튀김을 집어 먹는 중이었고, 아버지는 일회용 플라스틱 칼로 햄버거 하나를 정성스레 이등분하고 있었다. 주방에서는 히스패닉 점원들과 동양인 점원들이 햄버거를 만들다 말고 서로 장난을 치며 웃고 있었고, 창가 쪽 자리엔 흑인 아저씨가 밀크셰이크 하나를 시켜두고 테이블에 엎드려 자고 있었다.

나는 입술을 뾰족이 내밀고 빨대로 콜라를 마시고 있는 그녀에게 물었다.

"내가 지금 이 장면을 노래로 만든다면 그 노래를 들은 사람들이 맨해튼에 가보고 싶다는 꿈을 꿀까? 내가 스무 살 무렵 이문동 하숙방에 누워서 에릭 존슨의 음악을 들으며 멋진 맨해튼을 상상했던 것처럼 말이야."

그녀는 '쿠르르쿠르르' 소리가 날 때까지 빨대로 콜라를 완전히 빨아들이고는 대답했다.

"글쎄, 그렇다면 역시 끝내주는 프렌치프라이에 대한 곡을 쓰는 게 좋을 것 같은데?"

뜨거운 감자 / 차가운 케첩
두 눈을 감자 / 맛이 전해져

나는 아직도 따뜻한 감자튀김을 입 안에 넣으면서 '뭐, 이런 식으로 운율을 맞추면 재밌겠군' 하고 생각했다.

샌프란시스코ㅇㅇㅇ

비행기가 안전하게 이륙하고 안전벨트 사인이 꺼진 후에야 몇 주 전에 샀던 샌프란시스코 여행 책을 처음으로 들여다보았다. 여행이란 어디론가 떠나기로 마음먹는 그 순간부터 이미 시작이고, 또한 그때부터 떠나기 직전까지 이것저것 꼼꼼히 준비하며 느끼는 설렘이야말로 여행이 주는 큰 즐거움 중 하나이다.

하지만 샌프란시스코행 비행기 티켓을 결제한 후부터 비행기가 이륙하는 순간까지 두 달여 동안, 내가 준비한 것이라고는 틈이 날 때마다 줄리 런던의 'I Left My Heart in San

Francisco'와 스콧 매켄지의 'San Francisco'를 주구장창 반복해서 들은 게 전부였다.

여행 책에 담긴 샌프란시스코에 대한 수많은 사진과 글이 제아무리 근사하다 한들, 여행 블로그의 '꿀팁'이 제아무리 실질적인 정보라 한들 이 노래의 가사보다 나를 설레게 만들지는 못할 것이 뻔했다. 그리고 요즘 여행 전문 블로그는 필요 이상으로 상세한 정보가 많아서 왠지 몇 개만 읽으면 여행을 떠나기도 전에 이미 그곳을 다 둘러본 것처럼 김빠진 기분이 들 것 같았다.

파리의 쓸쓸한 사랑, 로마의 빛바랜 영광, 뉴욕의 지독한 외로움에 지쳤어요. 나는 작은 케이블카가 별들을 향해 언덕을 오르는 샌프란시스코로 돌아갈래요.
_'I Left My Heart in San Francisco' 중에서

당신이 만약 샌프란시스코에 간다면 머리에 꽃을 꽂은 친절한 사람들을 만나게 될 거예요.
_'San Francisco' 중에서

나는 이제 막 꺼낸 여행 책을 읽는 둥 마는 둥 건성으로 한

두 장 넘기다가 금방 다시 덮어버렸다. 역시 미국의 화폐 단위나 환율, 교통수단으로 시작하는 여행 책보다는 눈을 감고 아름다운 멜로디 위를 흐르는 함축적인 노래 가사를 듣는 편이, 그 행간을 상상과 기대로 그득그득 채우는 편이 훨씬 기분이 좋았다.

줄리 런던의 노래와 스콧 매켄지의 노래를 계속해서 듣다 보니 두 곡의 분위기가 완전히 다름에도 불구하고 비슷한 점이 하나 있다는 걸 발견하게 되었다. 바로 두 노래 모두 안 그래도 긴 '샌프란시스코'라는 도시명을 유난히 더 길게 늘어뜨려 노래한다는 점이다.

'새애앤프라아안시스코오오오.'

이 부분이 나올 때마다 눈을 감고 가수를 따라 입술을 천천히 움직여봤다. 핑크색 양털 구름과 노을빛 가득한 저녁 하늘, 큰 파도가 끝없이 이어지는 해변, 야자수와 오렌지, 그리고 그런 환경에서 살아가는 사람들의 몸에 밴 달콤한 게으름, 주근깨 가득한 뺨이 슬쩍 올라가는 근심 0%의 쾌활한 웃음이 그려졌다. 그러니 나 또한 모든 걱정과 불안이 사라질 수밖에. 그냥 이대로 아무런 계획 없이 샌프란시스코에 도착하기로 했다.

비행기가 곧 착륙한다는 방송에 잠에서 깼다. 짐이라고는 여권과 티셔츠 세 장, 속옷 세 개, 스마트폰 충전기와 반바지 하

나를 대충 구겨 넣은 작은 백팩 하나가 전부였던 터라 따로 수하물을 찾을 필요도 없이 단번에 공항을 빠져나왔다. 그렇게 공항에서 택시 승강장에 선 순간까지 나는 완전히 잠에서 벗어나지 못해 몽롱한 상태였다. 우리나라에서는 느껴본 적 없는 바삭바삭한 정오의 햇볕과 바다에서 불어오는 놀랄 정도로 차가운 바람이 샌프란시스코를 실감하게 만들면서 동시에 더 나를 나른한 상태로 만들어놓았다. 나는 택시가 시내로 향하는 내내 창문을 열어두고 그 사이로 들어오는 바람과 햇살을 받으며 꿈에 취해 있었다.

예전에는 여행을 할 때마다 그곳이 어디든 간에 도착하는 순간부터 '나는 그저 이곳에 잠시 머물다 떠날 사람', '돌아가야 할 곳이 따로 있는 사람'이라는 생각을 했다. 그랬기에 머릿속에 현지인과 나 사이에 또렷한 경계를 그었고, 덩달아 모든 신경이 또렷해지곤 했다. 하지만 이번에는 달랐다. 시내로 들어선 택시가 유럽인, 흑인과 히스패닉에 동양인까지 각양각색의 사람이 모두 비슷한 비율로 자연스레 섞여 있는 거리를 지나가서인지, 이제 막 이곳에 도착한 나도 저 안에 섞여들고 싶다는 기분이 들었다. 시리얼을 고를 때 일반 콘플레이크보다는 여러 가지 색이 섞인 프루트링에 손이 가는 것도 이런 이유에선가?

그런 생각을 하는 사이 어느새 목적지에 도착했다. 나는 택시비를 지불하고 차에서 내렸다.

찾아오는 이들을 낯가림 없이 모두 흔쾌히 받아들여주는 곳. 그래서 누구나 마음을 쉽게 놓아버리게 되는 곳. 자신이 여행자라는 사실마저 잊어버리게 만드는 곳. 샌프란시스코는 나에게 그런 도시가 되어 있었다.

여행에서는 잃는 법이 없다.

무언가를 보지 못한다면 그 대신 다른 무언가를 보게 된다.

샌프란시스칸

샌프란시스코의 숙소는 시내가 한눈에 내려다보이는 버널하
이츠 공원 바로 아래 있는 오래된 이층집이었다. 현관 앞에 도
착해 벨을 누르자 "Hey"라는 유쾌한 인사와 동시에 현관문이
열리고 목소리의 주인공인 매트가 나왔다. 집 안에서 상쾌한
오렌지 향이 새어 나왔다.

매트는 샌프란시스코의 부드럽고 완만한 언덕을 닮은 매끈
한 스킨헤드에, 샌프란시스코의 하늘과 같은 투명한 파란 눈,
웃을 때마다 보이는 살짝 벌어진 앞니—상대방의 경계심을 한
방에 무너뜨리는 틈—까지 외모 자체가 샌프란시스코를 그대

로 담고 있는 듯한 50대의 독신남이었다.

매트는 커다란 손을 내밀어 악수를 청하고는 나를 집 안으로 맞았다. 그러고는 근사하면서도 소박한 취향으로 꾸며진 거실을 지나 주방 문을 나가면 이어지는 뒤뜰 정원으로 안내했다. 정원에는 동백과 비슷한 새빨간 꽃이 핀 큰 나무가 있었고 아래로는 테이블 하나와 의자 두 개가 놓여 있었다. 매트는 편히 앉으라고 권하고는 아이스티를 내오겠다며 다시 주방으로 사라졌다. 나무 그늘 아래로 선선한 미풍이 불어오는 작은 정원은 거실보다 더 아늑한 느낌이었다. 무심한 듯 꾸며진 정원은 분명 고수의 솜씨였다. 아기자기한 풀과 꽃들이 마치 진짜 숲속처럼 자연스레 자라 있었고, 그 사이사이로 흙 속에 반쯤 묻힌 화분 파편과 비뚤비뚤 겹쳐진 채 쌓인 크고 작은 화분들, 그리고 태평한 표정으로 누운 와불상이 보였다.

매트는 아이스티 두 잔을 양 손에 든 채 정원으로 돌아왔다. 내가 잔을 받아 들고 고맙다는 말과 함께 정원을 가꾸느냐고 묻자, 그는 피식 웃고는 자기는 가드닝을 몹시 싫어한다며 정원사이자 오랜 친구인 리처드가 와서 틈틈이 관리해준다고 했다. 그러고는 다시 장난스럽게 웃으며 '물론 친구지만 돈은 낸다'고 했다.

매트는 굉장히 듣기 편한 영어를 구사했다. 하마터면 내가 영어를 몹시 잘하는 줄 착각할 정도였다. 하지만 내가 쉽게 이해할 수 있었던 건 순전히 그의 배려 덕분이었다. 그는 방금 자신의 집에 도착한 동양인 게스트를 진심으로 반겨주고 있었다. 나와 매트는 오후 내내 뒤뜰에서 아이스티를 홀짝이며 유쾌한 시간을 보냈다. 여행의 첫날이 그렇게 지나는지도 모르고 말이다.

매트는 그가 살고 있는 이 집이 그 참혹했던 샌스란시스코 대지진—1906년 2만여 명이 목숨을 잃고 500여 개의 블록이 파괴되었으며 주민 2/3가 집을 잃었던—을 꿋꿋이 버텨낸 샌프란시스코의 살아 있는 역사이자 행운의 상징이라고 했다. 또한 젊은 시절 단돈 1만 달러에 사들였던 이 집의 가격이 실리콘밸리가 성공하며 20배 이상 뛰었는데도 여전히 이곳에 살고 있는 자신 역시 행운아이자 역사의 증인이라고 했다.

"이 집의 행운이 당신에게도 전해졌나보네요. 앞으로도 샌프란시스코에 올 때마다 꼭 여기 묵어야겠어요. 그래야 지진이 오더라도 안전할 테니까요."

내가 농담을 던지자 매트는 식량도 충분하니 꼭 이리로 오라며 응수했다.

매트의 이야기를 듣고 보니 그의 모습이 샌프란시스코를 닮지 않으면 오히려 이상할 지경이었다. 나는 매트에게 진짜 뉴

욕에 사는, 뉴욕의 라이프스타일을 그대로 체화한 사람들을 뉴
요커라고 부른다면 샌프란시스코에 사는 이들은 어떻게 부르
냐고 물었다. 그러자 그는 샌프란시스코의 화창한 날씨를 닮은
표정을 다시 한 번 지으며 대답했다.

"San Franciscan, Me. I'm a Real San Franciscan."

그가 이렇게 말하는 순간, 나는 바다 안개에 잠긴 골든게이
트 브리지에도, 언덕을 유유히 오르내리는 케이블카에도 완벽
히 흥미를 잃고 말았다. 이미 내 눈앞에는 '작은 샌프란시스
코'가 앉아 있었다.

낯선 곳에서는 정해진 목적지 없이 걷는 것
그 자체가 미지의 세계를 향한 작은 모험이자 일탈이고,
온전한 자유다.

평소에는 늘 '우리가 아는 어딘가'를 향해 걷고 있으니까.

매트와
초콜릿 케이크

"Hey."

현관문을 막 나서려는데 집주인 매트가 경쾌한 목소리로 나를 다급히 불러 세웠다. 매트는 손에 커다란 스테인리스 볼을 든 채 환하게 웃으며 주방에서 걸어 나오고 있었다. 이른 아침이었지만 턱수염은 깔끔하게 정돈되어 있었고, 셔츠는 주름 하나 없이 잘 다려져 있었다. 무슨 일이냐고 묻자 그는 대답 대신 내 쪽으로 한 발짝 더 다가와 스테인리스 볼 안에 반쯤 담긴 걸쭉한 초콜릿색 반죽을 보여주었고 만족스럽다는 듯이 씨익 웃었다.

그는 이제부터 초콜릿 케이크를 구울 예정인데 반죽이 기가 막히게 된 것 같다며 신이 나 있었다. 매트가 오른손 새끼손가락을 쓱 들어 올리며 나에게도 한번 맛을 보길 권했다. 내가 쭈뼛거리며 새끼손가락을 들어 올리자 그는 망설이지 말라는 듯 볼을 내 쪽으로 조금 더 내밀었다. 나는 대부분의 평범한 남자들과 마찬가지로 지금껏 케이크를 먹을 줄만 알았지 구워본 경험은 없었기 때문에 당연히 케이크 반죽에 손가락을 대본 경험도 없었다. 볼 가장자리에 묻은 반죽에 조심스레 새끼손가락을 갖다 대자 차갑고 끈적거리는 촉감이 손끝으로 짜릿하게 전해졌다. 윤기 나는 초콜릿 반죽으로 코팅된 새끼손가락을 입 안에 넣자 달곰쌉쌀한 맛이 혀끝 가득 퍼졌다.

내 반응을 살피던 매트는 내가 '오호' 하는 표정을 짓자 '그럼 그렇지'라는 듯 흡족한 얼굴로 샌프란시스코에서 가장 끝내주는 제과점인 '타르틴'의 레시피로 만들고 있다는 설명을 덧붙였다. 그는 찬장에서 커다란 콜라병 뚜껑처럼 생긴 케이크 틀을 꺼내 그 안에 조심스레 반죽을 채웠다. 그리고 양손 엄지와 검지에 묻은 초콜릿 반죽을 가볍게 빨아 먹으며 한두 시간 후면 끝내주는 초콜릿 케이크가 완성될 거라고 했다.

아무런 약속도 없는 주말 오전에 말끔하게 차려입고 스스로를 위해 초콜릿 케이크를 구우며 어린아이처럼 신이 난 중년의

삶이라니. 진정한 휴식은 어쩌면 풀어지고 늘어지는 것이 아니라 한 주 내내 치열하게 사느라 챙기지 못했던 우리 자신을 다시 근사하게 정비하는 시간이 아닐까 하는 생각이 들었다. 나는 양손 엄지손가락을 치켜들며 매트에게 씩 웃어 보였다.

두 개의 엄지손가락 중 하나는 케이크 반죽의 맛, 다른 하나는 매트의 인생에 보내는 찬사였다. 매트는 아는지 모르는지 살짝 벌어진 두 개의 앞니가 완전히 드러나는 환한 웃음으로 화답했다.

집을 나선 나는 발길이 닿는 대로 걸었다. 낯선 곳에서는 정해진 목적지 없이 걷는 것 그 자체가 미지의 세계를 향한 작은 모험이자 일탈이고, 온전한 자유다. 평소에는 늘 '우리가 아는 어딘가'를 향해 걷고 있으니까. 출퇴근이 따로 없는 나 같은 사람도 그 점은 다르지 않다. 특별한 목적지 없이 산책을 나서더라도 '나의 위치'로부터 완벽히 자유로워지는 것은 불가능하기 때문이다. 걸어서 돌아다닐 수 있을 만한 곳은 어느 정도 한정되어 있는 데다, 아무리 평소의 동선에서 벗어나 새로운 길로 들어서려 해도 자연스레 '여기서 우회전하면 다시 거기' 같은 자체 GPS가 발동하기 마련이다.

발렌시아 스트리트 안쪽의 어느 한적한 주택가로 들어선 나는 신비로운 연보라색 꽃을 가득 피운 꽃나무들이 길 양쪽으로

늘어선 아름다운 길을 발견하고는 그 길에 하나뿐인 작은 카페의 창가에 자리를 잡고 앉았다. 한국 여행객 최초로 이 골목을 발견했을 거라는 생각에 탐험가가 된 듯한 성취감을 느꼈다. 적어도 수십 년은 족히 됐을 그 꽃나무들은 바람이 불 때마다 싱싱하고 달콤한 꽃향기를 공기 중으로 가득 뿜어냈다. 카페 주인에게 물어 꽃나무의 이름을 알아낼 수 있었다.

'자카란다'

샌프란시스코 전역에 여기저기 가로수로 심겨 있는 자카란다는 '보라색 벚나무'라는 이름으로도 불린다고 한다. 우리가 벚나무 아래를 지날 때 그렇듯 샌프란시스코 사람들도 자카란다 아래를 지날 때마다 아련한 기분을 느낄까?

우리가 커다란 꽃나무 그늘 밑을 지날 때 아련한 기분에 휩싸이는 이유는 아마도 매년 같은 시기, 같은 장소에 똑같은 모습으로 꽃이 다시 피기 때문일 것이다. 그래서 은은한 향기를 맡으면 이 길을 걸었던 작년의 나, 10년 전의 나, 유년 시절의 나를 역순으로 떠올리고, 조금씩 변해가는 겉모습과는 달리 가슴 한편에 남아 있는 '예전 그대로인 영혼'을 발견하게 되는 것이다.

내가 지금도 매년 여름 라일락 나무 아래를 지날 때마다 유년 시절 라일락 나무 아래 서서 올려다본 투명한 나뭇잎과 그 사이로 쏟아지는 빛망울, 햇살에 따뜻하게 달궈진 검고 가는 머리카락, 이마에 맺혀 있다가 구레나룻을 따라 똑 하고 굴러 떨어지는 땀방울, 아슬아슬하게 손에 닿을 듯한 높이의 나뭇잎을 잡으려 쉴 새 없이 반복하던 점프, 반바지의 끝자락이 허벅지에 사각거리며 닿는 느낌을 생생하게 떠올리듯이 샌프란시스코 사람들도 보라색 꽃이 필 때마다 이 나무 아래서 보냈던 각자의 아름다운 추억을 떠올리며 감상에 빠져들지 않을까. 이제는 사라지고 없는 무언가와 여전히 생생한 무언가 사이에서는 어느 누구든 마음이 흔들리기 마련이니까.

은은한 자카란다 향기에 취해 목적지 없이 이리저리로 내달리던 생각의 고삐를 겨우 쥐고 정신을 차렸을 때는 이미 언덕 너머로 해가 넘어가고 있었다. 속이 조금 울렁거렸다. 여덟 시간이 넘도록 한 자리에 앉아 빈속에 커피만 네 잔이나 마셨기 때문이다. 갑자기 매트의 초콜릿 케이크가 간절해졌다.

'매트가 내 몫도 조금 남겨뒀다면 좋을 텐데……'

솔직히 말하면 매트라면 분명히 내 몫을 남겨뒀을 거라는 뻔뻔한 확신이 있었다. 나는 초콜릿 케이크의 달콤쌉쌀한 맛을 상상하며 서둘러 카페를 나섰다.

저 멀리
뭉게구름
아래에는

책을 읽다가 마음에 남아 페이지 귀퉁이를 살짝 접어둔 것을 영어로는 dog-eared라고 한다. 책장이 접힌 모양을 '강아지의 귀'라고 표현하다니! 이럴 때마다 나는 영어식 위트에 감탄하곤 한다.

그리고 'Dog-eared Books'는 분명히 샌프란시스코에서뿐만 아니라 이 세상에서 가장 사랑스러운 서점 중 하나일 것이다. 이름부터가 그렇다. 맹인에게 길을 안내하는 새하얀 래브라도 레트리버의 축 처진 귀를 상상해본다. 서점 이름으로 이보다 더 완벽한 이름이 있을까. 심지어 이곳은 발렌시아 스트리트와 20번가가 만나는 '코너'에 위치하고 있어서 이미 그 자체로 기억해두고 싶은 이 세상의 작은 귀퉁이 같은 모양새이다.

좋은 채광, 높은 층고, 오래되어 곱게 닳은 마룻바닥, 자연스럽게 꽂혀 있어 더 사랑스러워 보이는 책들…… 이 서점에 대한 모든 묘사가 그대로 내가 이곳에 반할 수밖에 없었던 이유지만, 그중에서도 유난히 내 마음을 사로잡은 것은 빼곡하게 책이 꽂힌 책장 위 벽마다 걸어놓은 큰 사이즈의 유화들이었다. 샌프란시스코 특유의 밝은 분위기와 유머 가득한 그림들은 서점 분위기를 한층 더 밝고 편안하게 만들었다.

나이 지긋한 서점 여주인에게 벽에 걸린 그림에 대해 조심스레 묻자, 그녀는 쓰고 있던 돋보기안경을 벗으며 어느 그림이 마음에 드느냐고 물었다. 나는 낡은 농기구와 수레를 부드러운 색감으로 그린 그림과, 연한 핑크색 바탕에 멍해 보이는 숫양이 그려진 그림이 마음에 든다고 했다. 그녀는 행복한 듯 웃으며 멀리서 책을 정리하고 있던 중년 여성을 가리키고는 저 사람이 자신의 오랜 친구이자 이곳에 걸린 그림을 그린 화가라고 소개했다. 화가와 독서광, 두 친구가 오랫동안 함께 운영해온 서점이라니 이보다 근사한 장소가 이 세상에 또 있을까. 어떤 공간을 특별하게 만드는 것은 감각적인 인테리어나 독특한 사물이 아니라 그곳에 머무르는 '사람의 특별함'이라는 것을 다시 한 번 깨달은 순간이었다.

안타깝게도 그림들은 팔지 않는다고 했다. 오랫동안 서점 벽에 걸려 있었기에 이미 이곳의 일부가 되어버려서인지도 모르겠다. 그러고 보니 나조차도 그림들이 사라진 '독이어드 북스'는 상상할 수가 없었다.

나는 놀이공원에서 놀이기구를 타듯 접힌 강아지 귀 속을 신나게 한참 휘젓고 다니다가 맘에 쏙 드는 책을 한 권 발견했다. 구름의 모양별로 사진과 이름, 그에 대한 설명이 위트 있게 쓰여 있는 책이었다. 평소 구름이야말로 파란 하늘을 드라마틱하게 만드는 주인공이라고 생각하는 데다, 이런 백과사전 종류라면 덮어놓고 좋아하기에 망설임 없이 책을 집어 들었다. 책값을 계산하고 서점 밖으로 나오자마자 서둘러 하늘에서 구름을 찾았다. 바다 쪽 멀리 새파란 하늘 아래 어마어마하게 솟아오른 뭉게구름이 눈에 들어왔다. 보송보송한 솜사탕 같은, 거대하면서도 귀여운 구름. 해수욕장 풍경을 떠올릴 때마다 가장 먼저 떠오르는 여름 분위기를 자아내는 바로 그 구름이었다. 나는 방금 산 책을 펴고 이 구름의 이름을 찾았다.

'Cumulonimbus'

적란운. 모든 학술적인 이름이 그렇듯 적란운이란 이름도 그

모습에 비해 너무나 따분했지만 '구름들의 왕(King of Clouds)'
이라는 별명은 마음에 쏙 들었다(구름들의 왕이라니, 처음으로 외워
둘 구름의 이름으로 제격이었다). 밑에는 이런 설명이 쓰여 있었다.

'지금 당신에게서 멀리 보이는 멋진 구름 바로 아래에는 엄청
난 폭풍과 번개가 몰아치고 있다.'

나는 다시 고개를 들어 하늘을 한동안 쳐다봤다. 그냥 피식거
리고 넘길 수도 있는 가벼운 문장인데, 왠지 머리 위가 맑을 때
는 멀리 보이는 것들이 모두—거대한 비구름조차—한없이 평
안하고 아름다워 보이는구나 싶은 생각에 마음이 살짝 무거워
졌다. 문득 눈에서든 마음에서든 멀리 떨어져 있어서 어련히 잘
지낼 거라 생각했던 이들의 안부가 궁금해졌다. 그동안의 무심
함에 작은 죄책감이 생겨 문자라도 한 통 보낼까 하고 핸드폰을
봤더니 서울은 늦은 새벽이었다. 매일 비슷한 일상을 보내고 있
을 거라 생각했던 모든 이들이 실은 하루하루 나름의 크고 작은
폭풍우를 견디면서 살고 있겠구나 하는 생각이 들었다.

나는 핸드폰을 꺼낸 김에 서울의 날씨를 확인했다. 서울은
지금 보슬비가 내리고 있었다.

에필로그

STAY YOUNG

"난 매일 오전 7시 45분에 하루를 시작해. 제일 먼저 집 안 모든 창문을 열어서 새로운 아침 공기를 방에 들이고, 여기저기 놓인 화분들의 상태를 점검하고는 수영장에 가서 한 시간 동안 수영을 해. 수영을 다녀온 후에는 망고와 함께 두 시간 정도 집 앞 호수공원에서 산책을 하고, 점심시간 전까지는 좋아하는 음악을 들으면서 독서를 하지. 점심을 먹은 후부터 저녁식사 전까지가 음악 작업 시간이야. 매주 월요일과 수요일은 집 청소를 하는 날이고, 금요일 오전에는 코인 빨래방에 가서 세탁을 해. 청소와 빨래는 내가 정말 좋아하는 일이야. 그래서 절대 서두르지 않아. 침대 위를 완벽하게 정리하고 재봉선을 정확히 맞춰 정성껏 빨래를 개는 동안 머릿속까지 말끔히 정리가 되거든. 매월 첫날은 선인장에 물을 주고, 매월 마지막 주 목요일은 미용실에 가서 머리를 잘라. 7월과 12월에는 꼭 여행을 떠나고……"

3년 전 첫눈에 반한 그녀와 사귀기로 하고 몇 번의 데이트를 했을 무렵이었다. 나는 완벽하다고 믿었던 내 일상을 그녀에게 꼼꼼히 설명했다. 가만히 듣고 있던 그녀가 갑자기 실소를 터뜨리기 전까지 나는 내 이야기에 완전히 도취되어 있었다. 이처럼 완벽하고 아늑한 삶은 없을 거라 생각했기 때문이다.

"풋, 잠깐만. 그렇게 정해놓은 게 많으면 네 일상에는 새로운 일이 아무것도 일어나지 않을 것 같은데?"

나는 그녀의 웃음에 적잖이 당황했다. 아무런 일도 일어나지 않는 것, 바로 그게 정확히 내가 원하는 삶이었기 때문이다. 늘 좌충우돌하는 사건이 일어나는 삶이란 정말이지 피곤하니까. 그녀는 자신의 말에 당황해서 어쩔 줄 몰라 하는 나를 보며 말을 이었다.

"아니, 그렇게 살면 정말 평화로울 것 같긴 한데…… 그 대신 끝내주게 유쾌하고 재밌는 일은 거의 생기지 않을 거 아냐? 일상의 소소한 행복도 좋지만 그래도 어디로 튈지 모르는 사건이 종종 있어줘야 더 재밌지. 너는 뭐든지 너무 완벽하게 정리해버리는 게 문제야. 어쩌자고 벌써부터 그렇게 모든 걸 정해버린 거야? 나는 말이야, 아직 뭐라고 딱 정의할 수 없는 것들, 아직 알 수 없는 것들 앞에서 심장의 두근거림을 느껴. 그런 느낌이 다 사라진다면 슬플 것 같아."

"두근거림이 계속되면 그게 결국 불안함이 되는……"

그때 그녀가 내 손을 꽉 감싸 쥐면서 말을 가로막았다.

"아니, 반대로 안정감이 계속되면 권태가 되고 말걸? 두근거리는 것들이 다 사라지는 순간, 우린 늙는 거야."

아마도 그녀의 이 한마디가 순간 그녀의 손에서 내 손을 타고 와 심장에 꾸욱 꽂혔던 것 같다. 어쩌면 그녀를 만나기 전의 나는 100미터 달리기의 결승점에 도착했다고 믿고 있었는지 모른다. 이를 꽉 물고 숨을 참으며 전력으로 결승점을 향해 달렸지만, 이제 지쳤다고 생각하고 있었는지 모른다.

스탠딩에그를 시작하고 몇 년간 쉬지 않고 음악 작업을 했다. 어떻게 하면 우리 음악을 알릴 수 있을지 고민했고 하루에 서너 시간 이상 자본 적이 없었다. 매니지먼트 회사 없이 뮤지션으로서 이름을 알리고 음악으로 밥벌이를 하고 싶다는 목표는 온 힘을 다 쏟아도 쉽지 않은 일이었다. 그러다 몇몇 노래가 알려지면서 조금씩 여유가 생겼고, 그 후로는 더 이상 온 힘을 쏟고 싶지 않았다. 힘겹게 얻어낸 여유를 즐기며 살고 싶었을 뿐이다.

그해 여름, 나는 100미터 달리기를 한번 뛰어보기로 했다. 문득 지금의 내가 100미터를 몇 초에 뛸 수 있을지 궁금해졌기 때문이다. 100미터를 전력으로 달리는 건 고등학교 체력장 이후 처음이니까 거의 15년 만이었다. 17초? 18초? 설마 20초가 넘진 않겠지…… 나는 손목시계의 스톱워치 기능을 켜고 100미터 결승점을 향해 죽어라 뛰었다. 그러나 겨우 70미터 정도를 뛰었을 때 달리기를 멈추고 말았다. 물론 끝까지 뛸 수도 있었지만 애초에 전력을 다해 뛰고 있지 않다는 사실을 깨달았기 때문이다.

　'이러다 몸이 망가질지도 몰라. 굳이 온 힘을 다해 뛰어야 하는 거야? 살면서 꼭 필요한 일도 아닌데……'

　전력을 다하려 할 때마다 내 마음속 의지는 약해지고 팔과 다리는 거부했다. 학창 시절과 같은 속도로 뛰지 못한다는 것 정도는 애당초 알고 있었지만, 그보다 이제 더는 전력을 다할 수 없는 사람이 되었다는 사실에 나는 꽤 큰 충격을 받았다.

　'무슨 일이든 전력을 다하지 않는 버릇이 들면, 어느새 그렇게 하는 법 자체를 잊어버릴지 몰라.'

　며칠 전 그녀가 대뜸 문신을 하기로 결심했다며 꼭 새기고 싶은 문구가 있는데 나도 같이하면 어떻겠느냐고 물었다. 새기고 싶은 문구가 뭐냐고 묻자 그녀는 나지막이, 하지만 흔들림 없는 목소리로 말했다.

　"STAY YOUNG."

　나는 곧바로 그녀와 똑같은 자리에 같은 문구를 새기고 싶다고 대답했다. 나이가 들수록 분명 갖고 있는 힘과 열정은 약해질지 몰라도, 내가 가진 힘과 열정을 다할 수는 있다. 전력을 쏟고 싶은 새로운 꿈을 찾고, 그 꿈을 향해 내가 가진 힘을 다해 달려가는 것. 나는 그것이 바로 젊음이라고 생각한다. 그래서 나는 오늘도 어제보다 더 뜨겁고 치열하게 살기로 했다. 자신을 두근거리게 만드는 무언가를 향해 달려가는 한 우리는 영원히 젊다.

바로 이런 마음이 나로 하여금 이 책을 쓰게 만들었다.

보 이 스 스탠딩에그 포토 에세이

©에그 2호 2016

초판 1쇄 인쇄 2016년 11월 16일
초판 1쇄 발행 2016년 11월 23일

지은이 에그 2호
펴낸이 이기섭
편집인 김수영
기획편집 김수현 임선영
마케팅 조재성 정윤성 한성진 정영은 박신영
경영지원 김미란 장혜정

펴낸곳 한겨레출판(주) www.hanibook.co.kr
주소 서울시 마포구 효창목길 6(공덕동) 한겨레신문사 4층
전화 02-6383-1602~3
팩스 02-6383-1610
메일 literature@hanibook.co.kr

ISBN 979-11-6040-020-5 03810

● 책값은 뒤표지에 있습니다.
● 파본은 구입하신 서점에서 바꾸어 드립니다.